古典名篇賞析

李李◎著

目錄

韓愈〈馬說〉賞析

　　「唐宋古文八大家」之首的韓愈，生於唐代宗大曆三年（西元 768 年）卒於穆宗長慶四年（824 年），享壽五十七，為鄧州南陽（今河南・南陽）人，「昌黎」乃其郡望，故世稱「韓昌黎」。叔父韓雲卿、長兄韓會均善文墨，韓愈幼承家風，十三歲即能文，對己才學頗感自負，認為青紫可拾；德宗貞元二年（786 年）赴京師長安應舉求仕，不意歷經四次禮部科考，二十五歲（貞元八年——792 年）方中進士，繼而三試於吏部博學宏辭科，又慘遭見黜。二十九歲始出任汴州觀察推官，職微祿薄。

　　基於現實生活的壓力、熾烈的功名心，及「欲為聖明除弊事」的使命感，韓愈積極求宦，不惜投詩獻文・干謁祈薦。其〈與李翱書〉中指出，自己「奔走伺候公卿」，「日求於人，以度時月」，是由於「無所依歸，無簞食、無瓢飲，無所取資，則餓而死」，所以無力效法顏回之安貧樂道。〈答崔立之書〉則云：「故凡僕之汲汲於進者，其小得，蓋欲以具裘葛，養窮孤；其大得，蓋欲以同吾之所樂於人耳。」〈與衛中行書〉曰：「其所不忘於仕進者，亦將小行乎其志耳。」

　　宋・朱熹〈讀唐志〉曰：「然今讀其（指韓愈）書，則其出於詔諛戲豫、放浪而無實者，自不為少。」但實際上，韓愈尋求薦舉之作，大都自居高位，具高屋建瓴之氣勢，罕見卑躬屈膝、阿諛取容之態。貞元九年（793 年）韓愈第二次應

博學宏辭科考試時，作〈應科目時與人書〉，自比為受困淺灘的蛟龍，懇求韋舍人推挽，卻云：「然是物（指怪物蛟龍）也，負其異於眾也，且曰：爛死於沙泥，吾寧樂之，若俛首帖耳、搖尾而乞憐者，非我之志也。」貞元十一年「三選於吏部卒無成」後，曾經三次上書宰相，雖干祿乞援，卻未奉承巴結趙憬、賈耽、盧邁等，反自譽自揚，對宰相勸賞不力，以致野有遺賢，頗有微辭。

況且韓愈除自視甚高外，立志亦堅，守道亦篤，在關鍵之際，不避殊死，勇於「不識時務」，每因骨鯁直諫，得罪君上、宰輔與權臣。如貞元十九年（803 年）上〈御史臺狀〉，指摘京兆尹李實罔顧關中大旱，野有餓殍，斃踣溝壑，百姓棄子逐妻、以求口食，拆屋伐樹、以納租錢，還一味強徵稅賦，結果韓愈竟被貶為陽山（今廣東・陽山）令。憲宗元和十年（815 年）因力主討伐藩鎮，牾違了宰相李逢吉、韋貫之，左遷為太子右庶子。元和十四年呈〈論佛骨表〉，慷慨陳詞反對憲宗迎拜佛骨，批君逆麟，幾至於死，終流放為潮州（今廣東・潮安）刺史。

因為際遇坎壈，宦海浮沈，韓愈深覺生不逢時，長抱懷才不遇、有志難伸之歎，遂藉嫉刺憤懟之辭，來發抒宣洩胸中的抑鬱不平。〈上宰相書〉曰：「……居窮守約，亦時有感激怨懟奇怪之辭，以求知於天下，亦不悖於教化。」〈雜說〉四首之四〈馬說〉（此題為後人所加）正是在此種背景下，所創作出的一篇短文。

〈馬說〉通篇設譬取喻以行文，極具特色。孫陽，字伯樂，春秋秦穆公時人，其精於識馬、馭馬的事迹，見於《戰

國策・楚策》和《莊子・馬蹄》等書。〈楚策・四〉云:「汗明見春申君……汗明曰:『君亦聞驥乎?夫驥之齒至矣,服鹽車而上太行;蹄伸膝折、尾湛肘潰,漉汁灑地、白汗交流,中坂遷延,負轅不能上。伯樂遭之,下車攀而哭之,解紵衣以冪之;驥於是俛而噴、仰而鳴,聲達於天,若出金石聲者。何也?彼見伯樂之知己也。』」韓愈喜用伯樂相馬的典故,來強調掌權執政之人應大力拔擢賢達,如〈為人求薦書〉,將己之求人薦達,比作木之被知匠石,馬之見賞於伯樂,並謂不售於市之馬,若得伯樂一顧,則價增三倍。而〈馬說〉卻運用反證法,開頭即曰:「世有伯樂,然後有千里馬。千里馬常有,而伯樂不常有。」根據原本老驥辱服鹽車,狼狽萬分,唯伯樂能鑑識憐惜其原為千里良馬,騏驥則銘感長鳴的記載,進而以「有……然後有……」之因果句式,突顯伯樂、千里馬二者之必然關連;再用「常有……不常有……」之矛盾對立句,加深感慨之蘊意。就是緣於「伯樂不常有」,遂致名馬「祇辱於奴隸人(指奴僕──飼養者和從役──駕馭者)之手,駢死於槽櫪之間,不以千里稱也。」

　　〈馬說〉第二段,由不能辨識名馬,推論至不會豢養名馬,「食(通「飼」)馬者不知其能千里而食(通「飼」)也,是馬也,雖有千里之能,食不飽,力不足,才美不外見(同「現」)。且欲與常馬等不可得,安求其能千里也?」末句反詰著力,跌宕有致。韓愈藉「伯樂」與「食馬者」,「名馬」與「常馬」,良莠映襯、高下對比,彰顯「知」與「不知」的重要影響。

　　〈馬說〉最後一段,連用三個排比句,並在陳述語氣後,

轉為感嘆、疑惑、詰問語氣，韓愈古文的創作功力、藝術技巧，可見一斑。「策之不以其道」、「食之不能盡其材」、「鳴之而不能通其意」，說明某些人未能「識」、「養」、「愛」、「用」良駒，還大剌剌地「執策而臨之曰：『天下無馬！』」對此種不知自省，卻大放厥辭者，韓愈只能以暗含諷諫的詠歎作結──「嗚呼！其真無馬邪？其真不知馬也（一作「邪」，或作「也邪」）！」

短小精悍的〈馬說〉，全文僅一百五十一字，然虛字即有四十一個，乃妙用虛字的代表作，使文氣靈動順暢。通篇以短句為主，間錯長句，文章張弛有度。

〈馬說〉筆筆寫馬，實處處比人，浩嘆知人善任者難遇且難得，點明人才的發掘、培養及合理運用，是不容忽視的；託物寓意，非但表露己身沈淪下僚的悒鬱委屈、無奈悵惘，更是鞭辟近裡，切中時弊，替同樣不受重用、窮愁潦倒的幹蠱長才發出不平之鳴。

因為韓愈認為權貴重臣和布衣賢士之間，保有「上下相須」、「先後相資」彼此依存的關係。其〈與于襄陽書〉曰：「士之能享大名顯當世者，莫不有先達之士負天下之望者為之前焉；士之能垂休光照後世者，亦莫不有後進之士負天下之望者為之後焉。莫為之前，雖美而不彰；莫為之後，雖盛而不傳。是二人者，未始不相須也，然而千百載乃一相遇焉。豈上之人無可援，下之人無可推歟？何其相須之殷而相遇之疎也？其故在下之人負其能不肯諂其上，上之人負其位不肯顧其下，故高材多戚戚之窮，盛位無赫赫之光。是二人者之所為皆過也。未嘗干之，不可謂上無其人；未嘗求之，不可謂

下無其人。」〈與鳳翔邢尚書書〉曰：「布衣之士，身居窮約，不惜勢於王公大人，則無以成其志；王公大人，功業顯著，不惜譽於布衣之士，則無以廣其名。是故布衣之士，雖甚賤而不詘；王公大人，雖甚貴而不驕。其事勢相須，其先後相資也。」至於「不平則鳴」，是韓愈的文學理論，也是其人生理念；〈送孟東野序〉云：「大凡物不得其平則鳴。……人之於言也亦然，有不得已者而後言。……人聲之精者為言，文詞之於言，又其精也，尤擇其善鳴者而假之鳴。」

在講求含蘊蘊藉、沈潛內斂、溫柔敦厚的傳統之下，韓愈此種個性、文風，不免遭致訾議，如金人王若虛於〈臣事實辨〉中云：「韓退之不善處窮，哀號之語見於文字，世多譏之。」不過，在深入了解韓愈的學養襟懷際遇後，也許較能體會欣賞其「不平之鳴」。

時移境遷，現今賞析〈馬說〉，當有更積極的體認：馬有駑駑駿足之異，不必勉強，各盡其材，各司其職，則皆歡洽。若有馳騁千里的期許及能力，應不斷自我充實，等待一旦良機叩門，即可飛黃騰踏；如果始終未逢伯樂，則在腹笥盈滿下，勇於自任伯樂！

韓愈乃一代文宗，廓清了華靡頹廢的文學風氣。茹古涵今，不可窺測，撰作〈原道〉、〈原性〉、〈師說〉等奧衍閎深之巨構，卓然成一家之言；但一如〈馬說〉諸短篇，酣暢淋漓，遒古勁峭，簡煉而規模自宏，法度備而曲折變化處尤多，學韓文者，最宜從此入門。

本篇發表於：

《中央日報》21 版‧《國語文》第 230 期　84.9.7

唐‧韓愈

〈雜說〉四首之四（〈馬說〉）　　　（據東雅堂本《昌黎先生集》卷十一）

　　世有伯樂，然後有千里馬。千里馬常有，而伯樂不常有。故雖有名馬，祇辱於奴隸人之手，駢死於槽櫪之閒，不以千里稱也。

　　馬之千里者，一食或盡粟一石；食馬者，不知其能千里而食也。是馬也，雖有千里之能，食不飽，力不足，才美不外見，且欲與常馬等不可得，安求其能千里也。

　　策之不以其道，食之不能盡其材，鳴之而不能通其意；執策而臨之，曰：「天下無馬。」嗚呼！其真無馬邪？其真不知馬也！

韓愈〈送董邵南序〉賞析

　　「送序」又稱「贈序」、「送引」等名，乃臨別贈言之文體；唐代以後才大為盛行，諸家集中多見，尤以韓、柳為最；柳宗元「送序」之作近三十篇，韓愈更高達三十四篇。韓愈「送序」，以〈送董邵南序〉、〈送孟東野序〉、〈送李愿歸盤谷序〉，最獲譽賞。

　　董邵南是壽州安豐（今安徽・壽縣）人，原本朝耕夜讀、隱居行義，韓愈有一首仿古樂府的〈嗟哉董生行〉，正可說明其背景，詩云：「壽州屬縣有安豐，唐貞元時，縣人董生邵（一作「召」）南，隱居行義於其中。刺史不能薦，天子不聞名聲，爵祿不及門；門外惟有吏，日來徵租更索錢。嗟哉董生！朝出耕，夜歸讀古人書，盡日不得息。……嗟哉董生！孝且慈，人不識惟有天翁知。……嗟哉董生！誰將與儔？時之人，夫妻相虐，兄弟為仇，食君之祿而令父母愁；亦獨何心？嗟哉董生！無與儔。」當時權寵之臣不能為國薦士舉才，遂致尸位素餐、野有遺賢，甚而酷吏姦軌弄法，橫徵暴斂，使人無所聊生，黎藿屢空；董邵南因此出山求仕，投身科場，無奈連番舉燭無成，穿楊盡棄，最後只得投奔河北三鎮，希冀遇合。

　　唐代宗以後，河北諸鎮節度使不奉朝命垂六十年，其等據地稱雄，擴張勢力，競相羅致豪傑為謀士，對投閒置散抱器之人，具有莫大地吸引力。但是，韓愈是位「忠犯人主之

怒，勇奪三軍之帥」（語出蘇軾〈潮州韓文公廟碑〉）擁有膽
氣、卓見的知識份子，向來主張一統政策，強烈反對藩鎮割
據；其曾於憲宗元和十二年（西元 817 年）任行軍司馬，協
助宰相兼淮西節度使裴度進討吳元濟；穆宗長慶二年（822 年）
奉詔宣撫王庭湊，平息鎮州（治所在河北·正定）亂事；因
此極不贊成董邵南干仕於不臣且習亂的河北藩鎮，卻同情、
了解其沈淪不偶、謀取出路的苦衷，故寫出〈送董邵南序〉（一
作〈送董邵南遊河北序〉）這篇似送實留的佳構。

　　韓愈劈頭即蕩開文勢，以「燕、趙古稱多感慨悲歌之士」
起句，彷彿與文無涉，實則扣穩董邵南欲「遊」之地，並用
「古稱」二字預設伏筆。戰國時代，燕約據河北北部等地，
趙則統有河北南部諸區域；《史記》卷八十六·〈刺客列傳〉
云：「荊軻既至燕，愛燕之狗屠及善擊筑者高漸離。荊軻嗜酒，
日與狗屠及高漸離飲於燕市，酒酣以往，高漸離擊筑，荊軻
和而歌於市中，相樂也。」所謂「感慨悲歌之士」，正指見義
勇為、豪邁不羈的隱逸君子。韓愈繼而寫道：「董生舉進士，
連不得志於有司，懷抱利器，鬱鬱適茲土，吾知其必有合也。
董生勉乎哉！」表明董邵南被迫北遊的原因，揣測其當有遇
合的機會，且加以勖勉、安慰。沒有挑用激切的詞彙，語氣
亦看似和緩，不過稍稍留意，即會發現其中暗潮洶湧，因為
「懷抱利器」者，竟「連」不得志，故「鬱鬱」難伸，癥結
表面歸於「有司」，然而對重用「有司」之人的顢頇，更深寓
譴責。

　　次段承前「吾知其必有合也」，續曰：「夫以子之不遇時，
苟慕義彊仁者，皆愛惜焉，矧燕、趙之士出乎其性者哉！」

申述「吾知」之根據——嚮往、仰慕義氣仁道者，對不遇時的董生，都將珍視憐惜；何況出自本性，居仁行義、慷慨激昂的燕趙之士，定會與董生聲氣相投。同時，層次雖有高下之別的兩類人物，均起了正襯主人翁的作用。

第二段後半，運用「然」字逆轉文氣，以「風俗與化移易」句為上下過脈，陡頓旨趣，委婉點睛。文云：「然吾嘗聞風俗與化移易，吾惡知其今不異於古所云邪？聊以吾子之行卜之也。董生勉乎哉！」一個地方的風尚習俗，應會隨著政令教化走向而改變，被叛亂藩鎮佔領管轄幾十年的河北，民情不復淳古，自是不言而喻。此處，作者巧妙地未加判斷，僅以「惡知」推出今昔風俗相異然否的疑問，與前段「古稱」呼應，極盡吞吐之妙，暗含咫尺萬里之勢。再藉「聊」、「卜」未定之詞，來描摹董邵南北行的結果，不著痕跡動搖了前面「吾知其必有合也」的堅碻。畢竟，河北藩鎮並非真心延攬、禮遇人才，那麼董生或難如願；又恐董生與不仁不義者契合無間，則必須先致警惕，所以再次出現於段末的「董生勉乎哉」，蘊意業已不同，由慰勉轉而飽含勸誡、憂慮之懷。

〈送董邵南序〉最後一段為：「吾因子有所感矣。為我弔望諸君之墓，而觀於其市，復有昔時屠狗者乎？為我謝曰：『明天子在上，可以出而仕矣！』」韓愈先直陳此一「送序」絕非浮泛應卯之作，實乃有感而發，提醒董生留心省思。再請董邵南遠赴河北後，代做兩事，配合送其北遊之表象，並潛藏微情妙旨：一是至樂毅墓前憑弔。樂毅，戰國趙人，輔佐燕昭王，任其上將，曾率燕、趙、楚、韓、魏五國聯軍，攻克齊七十餘城；昭王子惠王立，中了齊‧田單之反間計，派騎

劫取代樂毅，毅懼誅，奔亡趙國，被封於觀津（今河北·武邑東南），號「望諸君」；齊遂興兵，大破燕軍，盡收失地，燕惠王知悔致書樂毅，毅復往來燕趙間，後卒於趙。舉樂毅為說，主在突顯其雖離燕仍心懸故國的情懷，希望董生也能心繫魏闕。二是到河北市集上，探看是否還有隱身市井的豪俠人物，若有，當邀請歸效朝廷。「昔時屠狗」和「古稱多感慨悲歌之士」首尾綰合；「復有……乎」及「謝曰」云云，則囊括多層涵義。「風俗與化移易」下，燕趙應無擊筑、屠狗之人；即便尚存此類雄傑，也會流落不遇；而韓愈寄語彼等出來為唐朝天子效命，那麼認為董邵南不宜北遊求合的旨意，就自然呈現。

至於「明天子」，指唐德宗或唐憲宗，歷來說法紛歧，暫不考證；但譏刺為淵驅魚及渴盼明主的深致款曲，不容輕忽。暗示無論是統軍御兵的名將樂毅，抑是持操篤學的文士董生，得志失意和去留朝廷，完全取決於君王英明與否。戛然收筆，具曲徑通幽之妙，餘韻耐尋，可見大家不落鑿痕的錘煉功力。

〈送董邵南序〉僅一百五十一字，是以短寓長，構思精巧的作品，內心反對而言詞贊成，故文氣迴蕩往復，卻脈絡條暢，最大特色即蘇洵〈上歐陽內翰第一書〉所云：「韓子之文……抑遏蔽掩，不使自露，而人望見其淵然之光、蒼然之色，亦自畏避，不敢迫視。」

本篇發表於：

《國文天地》11 卷 12 期　85.5　頁 96-98

唐・韓愈

〈送董生邵南序〉　　（據東雅堂本《昌黎先生集》卷二十）

　　燕、趙古稱多感慨悲歌之士。董生舉進士，連不得志於有司，懷抱利器，鬱鬱適茲土，吾知其必有合也。董生勉乎哉！

　　夫以子之不遇時，苟慕義彊仁者，皆愛惜焉。矧燕、趙之士，出乎其性者哉！然吾嘗聞風俗與化移易，吾惡知其今不異於古所云邪？聊以吾子之行卜之也。董生勉乎哉！

　　吾因子有所感矣。為我弔望諸君之墓，而觀於其市，復有昔時屠狗者乎？為我謝曰：「明天子在上，可以出而仕矣！」

韓愈〈柳子厚墓誌銘〉賞析

　　針對四六駢文過於講求對偶、聲律、藻飾、用典，偏重形式忽略內容之缺失，歷經陳子昂、李華、元結、柳冕諸人的呼籲及努力，直至中唐，在文壇兩巨擘——韓愈、柳宗元手中，終於宣告「唐代古文運動」的成功。

　　所謂「古文」，乃承繼先秦、兩漢質樸流暢之文風，結構是單句散行的文體，突破了形式主義對思想內涵的拘牽。

　　韓、柳二人，總結前人提倡古文的經驗，同時汲取駢文和口語中，富生命力、表現性的成分，標舉出更具條理、力量的文學理論，並撰寫了許多與理論相對應的典範作品，加上聲氣相通之友人門生推波助瀾，遂使古文踏上中國古典文學的正統領導地位。

　　韓愈身處保守陣營，對於柳宗元參與「永貞革新」，屬激進改革派，頗有微辭；而柳宗元對韓愈力斥佛道的態度，亦深表無法苟同。彼此政治立場、思想範疇迥異，但在文體、文風、文情改革方面，卻攜手同心，促使古文運動終底於成。

　　韓、柳二大家，私交篤厚真誠，年長六歲的韓愈為四十六即英年早逝的柳宗元，寫過三篇追悼文章:〈祭柳子厚文〉、〈柳子厚墓誌銘〉是柳辭世後第二年，即憲宗元和十五年（西元820 年)所作，〈柳州羅池廟碑〉則完成於穆宗長慶三年（823年）；三篇體式不同，內容各有取捨側重，宜合而觀之，方可見韓愈稱賞柳宗元才幹品格，文學才華與創作成就的用心，以

及因其一斥不復，死於窮裔，長材不為世用，所滋萌之惋愴。

〈柳子厚墓誌銘〉是韓愈在袁州（江西·宜春）應劉禹錫之請所作，劉禹錫〈祭柳員外文〉云：「退之承命，改牧宜陽。亦馳一函，候於便道。勒石垂後，屬於伊人。」又在〈唐故尚書禮部員外郎柳君集紀〉中云：「子厚之喪，昌黎韓退之誌其墓，且以書來弔曰：『哀哉若人之不淑！吾嘗評其文，雄深雅健似司馬子長，崔（駰）、蔡（邕）不足多也。』安定皇甫湜於文章少所推讓，亦以退之之言為然。」

「墓誌銘」此一文體，為埋在墓中的誌墓文字。避免因滄海桑田，後世子孫無從辨識祖墳，遂用兩塊方石，一題墓主姓氏、籍貫、官爵，一刻「誌銘」，同置於棺前。「誌」用散文體，敘述死者名貫家世和生平事略；「銘」則多採韻文形式，或總括誌文，或補充誌文，並且表示對亡者之頌讚、哀悼和告慰。韓集中本篇僅作〈柳子厚墓誌銘〉，未依墓誌銘慣例題稱死者官銜，主因韓愈基於故友摯情以行文所致。

〈柳子厚墓誌銘〉首段說明柳宗元身世烜赫——七世祖柳慶為北魏侍中，封「平齊公」（原作「濟陰公」，此處疑有脫文，或因韓愈一時誤記。據柳宗元〈先侍御史府君神道表〉知，其六世祖柳旦，任北周中書侍郎，被封為「濟陰公」）；「高伯祖」柳奭（原作「曾伯祖」，據〈神道表〉改之），曾任唐宰相；父親柳鎮亦為太常寺博士。更彰明柳氏家風剛直不阿、純厚孝順——柳奭是唐高宗王皇后的外祖父，因高宗欲廢后改立武曌，奭與褚遂良、韓瑗力爭不可，遂遭誣陷謀反而被誅；太常博士柳鎮先以事奉母親之故，求為宣城（安徽·宣城）縣令，繼因忤逆宰相竇參，不肯一起構害穆贊，且為其平反

冤屈，竟由殿中侍御史貶至夔州（四川‧奉節）任司馬。

　　第二段先稱美柳宗元「少精敏，無不通達」，並且「能取進士第，嶄然見（通「現」）頭角」，而以「眾謂柳氏有子矣」小結；然此處「眾」字，實與首段「皇考諱鎮……『所與游皆當世名人』」句，暗相呼應，表明此一評論，絕非出自識見鄙陋凡庸之輩。再讚賞柳「儁傑廉悍」、「踔厲風發，率常屈其座人」的氣度神態，「議論證據今古，出入經史百子」的博聞彊記，帶出「名聲大振，一時皆慕與之交；『諸公要人爭欲令出我門下』，交口薦譽之」的另一結語；韓愈基於己身政治立場，一廂情願地為好友迴護，遂將柳宗元廁足王叔文、韋執誼新銳革新集團的事實，巧妙呈現出被動性。

　　接著指明「順宗即位，拜禮部員外郎。『遇用事者得罪』，『例』出為刺史，未至，又『例』貶（永）州司馬。」順宗李誦即位（805 年），實施「永貞革新」，不到一年，卻被迫退位，相關人士也遭致處決貶謫，韓愈連用兩「例」字，表示對柳受株連，由京師朝臣流放為僻地司馬的惋惜與同情。

　　最後云「居閑，益自刻苦，務記覽，為詞章，……而自肆於山水間。」淡淡幾筆，即描繪出柳宗元左遷裔土的無聊、無奈，只得寄情山水、戮力治學為文的情形，並穿插了韓愈對柳文的品評──「汎濫停蓄，為深博無涯涘」，一併為下文埋下伏筆。

　　唐德宗貞元二十一年（即順宗永貞元年，805 年），三十三歲的柳宗元自監察御史裡行（見習御史）擢升至尚書禮部員外郎，九月卻貶為邵州刺史，尚未到任，十一月再貶為永州（湖南‧零陵）司馬，歷經十載煎熬苦盼後，終於奉召返

回長安，不過未能如願獲得量移，反倒偕同劉禹錫、韓泰等八人，再次貶為遠州刺史。

〈柳子厚墓誌銘〉第三段，即由此始——「元和中（實為元和十年，815 年），嘗『例』召至京師，『又偕』出為刺史，而子厚得柳州（廣西·柳州）」，來鋪陳柳宗元在柳州任內的一項重大政績及其學術影響力。再變換原本之敘述筆法、寫作立場，轉以柳君身分，運用追述示現修辭法，採設問語句——「既至，歎曰：『是豈不足為政邪？』」藉以強調雖是南蠻絕域，只要有心、有才，仍可創造一番福國利民的事業，反襯出黃鍾毀棄，瓦釜雷鳴的悲哀。然後恢復第三人稱記敘體，寫了三個四字排比短句——「因其土俗，為設教禁，州人順賴」，簡潔有力地表明，柳宗元因勢利導教化柳州人民，故而獲致順服仰賴。繼續則更略筆為詳筆，記錄柳刺史如何導正該州質押子女，甚或沒為奴婢的陋習，桂管經略觀察史裴行立推廣其法行於他州，使免除奴婢限制，受惠歸家的窮巷孩子，一年幾達千人。段末云：「衡湘（衡山、湘水）以南為進士者，皆以子厚為師，其經承子厚口講指畫為文詞者，悉有法度可觀。」乃概括點出柳對江南士子的陶鑄之功，且側面烘托其文詞造詣。

明·茅坤《唐宋八大家文鈔·韓文論例》曰：「世之論韓文者，共首稱碑誌。」韓愈文兼眾體，各擅勝場，尤以碑誌備受稱揚，其中雖摻雜應酬草率諛墓之作，然大抵出於至情至性，盤鬱頓挫，而〈柳子厚墓誌銘〉正是代表名篇。

全篇四、五兩段，特見韓愈費心經營之跡，突破了文體局限，夾敘夾議，亦未循例隱惡揚善，卻採史傳筆法，研覈

是非，寓含褒貶二端。

第四段使用追述方式，跳回「召至京師而復為刺史也」的時空，透過「子厚泣曰」，娓娓道出，基於劉禹錫上有耄耋萱堂，既憂其死訣「無辭以白」，又不忍其「母子俱往」「非人所居」的貶所──播州（貴州‧遵義），所以「願以柳易播，雖重得罪死不恨」的緣由。柳宗元的美意，雖因御史中丞裴度進言該項處置恐傷憲宗孝治令譽，禹錫方得改刺連州（廣東‧連縣）而作罷；但韓愈刻意拈舉這個片斷，旨在頌讚柳之高潔品德，且回扣首段柳氏特重孝道之家風，並隨即以引人矚目的感嘆詞「嗚呼」，申發出一段「士窮乃見節義」的議論。

因作者際遇坎坷，對炎涼世態感慨頗深，此一部分，措辭較為犀利露骨，文氣驀地潰淪逼人，其用「平居」、「一旦」兩詞，區隔群小見風轉舵判若雲泥的醜態，而多層次、多角度的對比映襯，確實痛快淋漓。小人平居里巷，「酒食游戲相徵逐，詡詡強笑語以相取下」，除親密交往吃喝玩樂外，還常顯現相互慕悅、討好、謙讓的氣氛，甚或披肝瀝膽、推心置腹，「指天日涕泣，誓生死不相背負，真若可信」；一旦面臨「僅如毛髮比」的利害考驗，卻「反眼若不相識」，「落陷穽，不一引手救，反擠之，又下石焉者」，竟比比皆是。議論歸結至──「此宜禽獸夷狄所不忍為，而其人『自視以為得計』。聞子厚之風，亦可以『少媿』矣。」尖銳揭發欺世盜名偽君子的假面具，更彰著了柳宗元罔顧本身危難，急友之困的珍貴情操。

勾勒完柳宗元的背景和各階段的重要表現後，承繼前段

慨歎，韓愈續於第五段內，對好友下了扼要的總評，找出其「卒死於窮裔，材不為世用，道不行於時也」的癥結有二：一因「子厚前時少年，勇於為人，不自貴重顧藉。謂功業可立就，故坐廢退。」次因「既退，又無相知有氣力得位者推挽。」韓愈蓄意略過政爭因素，反論正說一再強調，假使柳宗元年少得志時，能夠摩稜去角，折節內斂，當可避去謫降之禍；既陷沌邅窘境，若蒙金紫重臣垂聽援引，也可復用不窮。

行筆至此，突以「然」字逆轉，衍繹出作家經歷與作品高下的關連性──「然子厚斥不久，窮不極，雖有出於人，其文學辭章必不能自力，以致必傳於後，如今無疑也。」此一論點，亦見於韓愈〈荊潭唱和詩序〉：「夫和平之音淡薄，而愁思之聲要妙；讙愉之辭難工，而窮苦之言易好也。是故，文章之作，恆發於羈旅草野。」此正是宋·歐陽修「窮而後工」（見於〈梅聖俞詩集序〉）文論之先聲。

末了則為設問懸想句式──「雖使子厚得所願，為將相於一時，以彼易此，孰得孰失？必有能辨之者。」欲語還休中，使文旨昭然若揭，且和次段段尾相照應。

〈柳子厚墓誌銘〉的最後一段，交代柳宗元逝世、歸葬祖塋的時日及子女情況。同時詳述其身後事完全憑仗裴行立、盧遵之種種，再次反諷世風澆薄。

韓愈推許桂管經略觀察使裴行立「有節槩，立然諾」，由於「與子厚結交，子厚亦為之盡」，竟願負擔，柳宗元自柳州迢遙歸葬長安東萬年縣棲鳳原的費用。盧遵為宗元表弟，「性謹慎，學問不厭」，隨柳貶斥，「逮其死不去。既往葬子厚，

又將經紀其家」，被韓愈譽為「庶幾有始終者」。而銘詞僅短短三句，也是變格——「是惟子厚之室，既固既安，以利其嗣人。」「安」屬寒韻，「人」屬真韻，二字通轉相叶。

　　韓愈最善熔鑄鍛鍊精妙詞組，如本文中「儁（今作「俊」）傑廉悍」、「踔厲風發」、「交口薦譽」、「汎濫停蓄」、「口講指畫」「落阱（今多作「井」）下石」之類，仍鮮活留存於吾人口齒楮墨間。

本篇發表於：

《中央日報》21 版．〈國語文〉第 240 期　84.11.23

唐‧韓愈

〈柳子厚墓誌銘〉　（據東雅堂本《昌黎先生集》卷三十二）

　　子厚，諱宗元。七世祖慶，為拓跋魏侍中，封濟陰公。曾伯祖奭，為唐宰相，與褚遂良、韓瑗，俱得罪武后，死高宗朝。皇考諱鎮，以事母，棄太常博士，求為縣令江南；其後以不能媚權貴，失御史；權貴人死，乃復拜侍御史，號為剛直。所與游，皆當世名人。

　　子厚少精敏，無不通達。逮其父時，雖少年，已自成人，能取進士第，嶄然見頭角，眾謂柳氏有子矣。其後以博學宏詞，授集賢殿正字。儁傑廉悍，議論證據今古，出入經史百子；踔厲風發，率常屈其座人。名聲大振，一時皆慕與之交；諸公要人，爭欲令出我門下，交口薦譽之。

　　貞元十九年，由藍田尉拜監察御史。順宗即位，拜禮部員外郎。遇用事者得罪，例出為刺史。未至，又例貶（永）州司馬。居閑，益自刻苦，務記覽，為詞章，汎濫停蓄，為深博無涯涘，而自肆於山水閒。

　　元和中，嘗例召至京師，又偕出為刺史，而子厚得柳州。既至，歎曰：「是豈不足為政邪？」因其土俗，為設教禁，州人順賴。其俗以男女質錢，約不時贖，子本相侔，則沒為奴婢。子厚與設方計，悉令贖歸。其尤貧力不能者，令書其傭，足相當，則使歸其質。觀察使下其法於他州，比一歲，免而歸者且千人。衡湘以南為進士者，皆以子厚為師，其經承子厚口講指畫為文詞者，悉有法度可觀。

　　其召至京師而復為刺史也，中山劉夢得禹錫亦在遣中，當詣播州。子厚泣曰：「播州非人所居，而夢得親在堂，吾不忍夢得之窮，無辭以白其大人，且萬無母子俱往理。」請於朝，將拜疏，願以柳易播，雖重得罪，死不恨。遇有以夢得事白上者，夢得於是改刺連州。

　　嗚呼！士窮乃見節義。今夫平居里巷相慕悅，酒食游戲相徵逐，詡詡強笑語以相取下，握手出肺肝相示，指天日涕泣，誓生死不相背負，真若可信。一旦臨小利害，僅如毛髮比，反眼若不相識；落陷穽，不一引手救，反擠之，又下石焉者，皆是也。此宜禽獸夷狄所不忍為，而其人自視以為得計。聞子厚之風，亦可以少媿矣！

　　子厚前時少年，勇於為人，不自貴重顧藉，謂功業可立就，故坐廢退。既退，又無相知有氣力得位者推挽，故卒死於窮裔。材不為世用，道不行於時也。使子厚在臺省時，自

持其身，已能如司馬刺史時，亦自不斥；斥時，有人力能舉之，且必復用不窮。然子厚斥不久、窮不極，雖有出於人，其文學辭章，必不能自力，以致必傳於後，如今無疑也。雖使子厚得所願，為將相於一時。以彼易此，孰得孰失，必有能辨之者。

子厚以元和十四年十一月八日卒，年四十七。以十五年七月十日，歸葬萬年先人墓側。子厚有子男二人：長曰周六，始四歲；季曰周七，子厚卒乃生。女子二人，皆幼。其得歸葬也，費皆出觀察使河東裴君行立。行立有節槩，立然諾，與子厚結交，子厚亦為之盡；竟賴其力，葬子厚於萬年之墓者。舅弟盧遵，遵，涿人，性謹慎，學問不厭；自子厚之斥，遵從而家焉，逮其死不去。既往葬子厚，又將經紀其家，庶幾有始終者。銘曰：

是惟子厚之室，既固既安，以利其嗣人。

柳宗元〈鈷鉧潭西小丘記〉賞析

唐‧柳宗元（西元773-819年）二十一歲即高中進士，二十六歲考取博學宏詞科，年少得志，踔厲風發，然因參與王叔文政治集團的革新活動失敗，三十三歲時，由尚書禮部員外郎左遷為邵州（湖南‧邵陽）刺史，赴任途中，再貶為永州（湖南‧零陵）司馬。

柳宗元困居永州長達十年，政治生涯已陷難振之谷底，卻因此蘊蓄出文學創作的高峰——山水散文，而「永州八記」正是夙負盛名的代表作。

祖籍河東解縣（山西‧運城）的柳宗元，在長安（陝西‧西安）出生、長大、仕宦，久習北國風土人情，驟然竄斥南蠻荒陬，迥異的語言、不同的民俗、溽暑的氣候、貧乏的文化，使其身心難以適應，僅有秀麗奇巧的永州山水打動了他，有別於北方的景觀，成為唯一的慰藉。

彼時，柳宗元雖仍堅持自己的政治理念，但畏懼憤懣之情難抑，加上「量移」（貶臣遇赦酌情移近安置）之願，一再落空，遂將堙厄感鬱，一寓諸文。

〈鈷鉧潭西小丘記〉是「永州八記」的第三篇，完成於憲宗元和四年（809年）。

開篇云：「得西山後八日，尋山口西北道二百步，又得鈷鉧潭，潭西二十五步，當湍而浚者為魚梁，梁之上有丘焉，生竹樹。」以頂真句法詳述小丘的方位、距離，使人有身歷

其境之感，並具串連前後景點之效，且暗含政治長才淪落為司馬閒職的無聊及無奈。

續云：「其石之突怒偃蹇，負土而出，爭為奇狀者，殆不可數。其嵌然相累而下者。若牛馬之飲於溪；其衝然角列而上者，若熊羆之登於山。」則將小丘的奇石轉化為挺拔孤傲之人，扛土掙扎而出，並用排出句比擬成聚飲溪邊的牛馬與攀爬奮進的熊羆。

柳宗元靜景動寫，化無生命的山石為鮮活特出的具象，此一匠心獨運的修辭法，令人激賞。其間隱寓作者不甘寂寞，力求擺脫束縛的精神。

整段的描摹，先取廣角全景，自西山口帶至如熨斗般之鈷鉧潭，再帶至魚梁上竹樹叢生的小丘；繼而分採俯角與仰角，作石頭的特寫；自空間言，是由遠而近，自景物言，是由大至小。

〈鈷鉧潭西小丘記〉的第二段，先說明小丘之小，「不能一畝」，「問其主，曰唐氏之棄地」，「問其價，曰止四百」，然「貨而不售（賣也）」，柳宗元「憐而售（買也）之」。接著又以排比句式：「更取器用，剷刈穢草，伐去惡木，烈火而焚之」，彰明開發之功；「嘉木立，美竹露，奇石顯」，點明美景之勝；「由其中以望，則山之高，雲之浮，溪之流，鳥獸之遨遊，舉熙熙然廻巧獻技，以效茲丘之下」，表明純依視覺所得之情趣；「枕席而臥，則清泠之狀與目謀，瀯瀯之聲與耳謀，悠然而虛者與神謀，淵然而靜者與心謀」，闡釋透過耳目心神的感觸激發，所獲致之超逸境界。

　　從眾人不屑一顧之荒僻棄地，到嘉木、修竹、奇石並現，由外景至內境，內容漸次遞進加深；藉四個「謀」字，以動寓靜，與前段筆法映襯成趣。

　　本段基本上以排比句為主，間雜散行句，使文章既有韻律節奏，又不致呆板拘泥。運用三字、四字結合動詞與名詞的排比短句，讓每個墾闢動作、每幅殊勝佳景，迅速清晰地映入眼簾，使人目不暇給；再利用虛字——「之」，化解緊湊文氣，冀能吻合熙然和樂的情趣。

　　最後四個七字排比長句，乃是藉景抒情、寓情於景後之「情景交融」，因為「小丘」為「唐氏」所棄，宛若「柳氏」遭「唐朝」所逐，唯待「伐去惡木」，方見「嘉木立，美竹露，奇石顯」，一如明君聖主能除去邪慝小人，始見忠賢君子謀國憂患之忱，當人情美景融為一體，才可同臻曠達之境。

　　末段則把小丘「致之灃、鎬、鄠、杜」與「今棄是州」，「貴游之士」與「農夫漁夫」，「爭買」與「過而陋之」，「日增千金而愈不可得」與「賈（價）四百，連歲不能售」，兩相對比，來突顯同一小丘，會因人、地差異，得到判若雲泥的評價、對待，反襯自身際遇之不當、內心之不平。

　　再藉「我與深源、克己『獨』喜得之」，回扣首段山石「爭為『奇』狀」，二段「李深源、元克己時同游，皆『大喜，出自意外』」，「不匝旬而得『異』地者二，雖古好事之士，『或未能至焉』」等句，前後文呼應出作者等人慧眼特具的辨識能力，而以「賀茲丘之遭」作結，悲慨己之無遇，寄盼流放閒置的千里馬，能夠像鈷姆潭西的小丘，終獲伯樂的賞識起用，使無遺珠之憾。

柳宗元小學造詣深厚，故用字精準，迭見鍊字範例，如「負土而出，爭為奇狀者」之「負」字、「爭」字，「嵚然相累而下者」、「衝然角列而上者」之「嵚然」、「衝然」，「丘之小不能一畝，可以籠而有之」之「籠」字，皆能捕捉特徵，掌握動感，描摹盡致。

「永州八記」均屬兩百字左右的短文，〈鈷姆潭西小丘記〉篇幅最長，亦只三百四十一字，無論寫景、抒情、敘事、議論，處處表露作者的情懷和個性，並且在內容與形式方面，充分展現了豐富生動的想像力，敏銳細膩的觀察力，靈活多樣的文藝技法，筆觸簡潔，形神兼備，寄寓遙深。恰是柳宗元元和八年撰作〈答韋中立論師道書〉所揭示「文者以明道」之文論，和「未嘗敢以輕心掉之」、「未嘗敢以怠心易之」、「未嘗敢以昏氣出之」、「未嘗敢以矜氣作之」等寫作態度的具體展現。

本篇發表於：

《中央日報》21 版．《國語文》212 期　84.4.27

唐・柳宗元

〈鈷鉧潭西小丘記〉　（世綵堂本《河東先生集》卷二十九）

　　得西山後八日，尋山口西北道二百步，又得鈷鉧潭。潭西二十五步，當湍而浚者為魚梁。梁之上有丘焉，生竹樹。其石之突怒偃蹇，負土而出，爭為奇狀者，殆不可數；其嵚然相累而下者，若牛馬之飲于溪；其衝然角列而上者，若熊

羆之登于山。

丘之小不能一畝，可以籠而有之。問其主，曰：「唐氏之棄地，貨而不售。」問其價，曰：「止四百。」余憐而售之。李深源、元克己時同遊，皆大喜，出自意外。即更取器用，劚刈穢草，伐去惡木，烈火而焚之。嘉木立，美竹露，奇石顯。由其中以望，則山之高，雲之浮，溪之流，鳥獸之遨遊，舉熙熙然迴巧獻技，以效茲丘之下。枕席而臥，則清泠之狀與目謀，瀯瀯之聲與耳謀，悠然而虛者與神謀，淵然而靜者與心謀。不匝旬而得異地者二，雖古好事之士，或未能至焉。

噫！以茲丘之勝，致之灃鎬鄠杜，則貴游之士爭買者，日增千金而愈不可得；今棄是州也，農夫漁父過而陋之；賈四百，連歲不能售；而我與深源、克己獨喜得之，是其果有遭乎！書於石，所以賀茲丘之遭也。

柳宗元〈至小丘西小石潭記〉賞析

　　柳宗元（西元 773-819 年）字子厚，與韓愈同為唐代古文運動的領袖，並稱「韓柳」；然柳文矯健峻潔，和韓文雄渾奇崛的風格有別。柳宗元原是個有抱負具理想的人，然卅四歲以後，因坐黨獲罪，被貶於永州、柳州等僻地，無從施展其政治長才，故將滿腔抑鬱幽情，完全寄諸山水，遂在山水文學中大放異彩，尤以「永州八記」為著。「永州八記」文辭精巧洗鍊，對方位距離交代詳明，常以實物來刻劃山石，並對聲籟草魚等細加描摹，且在動靜之景中，達到了「情景交融」的境界。

　　〈至小丘西小石潭記〉是八記中的第四篇，此文前半，以寫景取勝，由「聞」字入筆，再敘目之所「見」——寫水、寫石、寫樹、寫魚、寫日影，寥寥數語，卻鮮明如畫。柳宗元以女子珮環的悅耳鳴聲，來形容流水；將交錯亂石，寫成「為坻」、「為嶼」、「為嵁」、「為巖」，讓人透過文字，可獲得不同的視覺感受；更以「蒙絡搖綴」、「參差披拂」，突顯了自然景物的生意和動感。前半篇的〈小石潭記〉，全在「樂」字上著力發揮——前言「心樂之」、後云『似』與遊者相樂，二者相互呼應，使淡淡歡情，躍現紙端。

　　全文自「潭西南而望」，屬後半，筆鋒由「聞」、「見」，帶至「望」而「不可知其源」，由近及遠，文氣與心境驟然作了一百八十度的大轉變，迸現出「淒神寒骨」、「悄愴幽邃」

的辭句，且以「其境過清，不可久居」為結。行文至此，才真正點明了作者的旨意，其以表象的樂，反襯出內心的苦，一樂一苦間，靠一「似」字輕輕銜接，使不到兩佰字的短文，充溢著凜冽逼人的文學張力。

末尾詳記同遊之人，僅為了使抒發內心怨懟淒楚的散文，較符合「遊記」的外衣罷了。

柳宗元雖冀盼寄情於山水，藉以擺脫俗世的抑悶、無奈，得諸自然勝景的樂趣與紓解，正如小石潭中，原本「怡然不動」的「潭中魚」，指顧間，皆「俶爾遠逝」矣！

本篇發表於：

《中國語文》63卷第2期　77.8

唐·柳宗元

〈至小丘西小石潭記〉　（世綵堂本《河東先生集》卷二十九）

從小丘西行百二十步，隔篁竹，聞水聲，如鳴佩環，心樂之。伐竹取道，下見小潭，水尤清洌。全石以為底，近岸，卷石底以出，為坻、為嶼、為嵁、為巖。青樹翠蔓，蒙絡搖綴，參差披拂。

潭中魚可百許頭，皆若空遊無所依。日光下澈，影布石上，怡然不動，俶爾遠逝，往來翕忽，似與游者相樂。

潭西南而望，斗折蛇行，明滅可見。其岸勢犬牙差互，不可知其源。坐潭上，四面竹樹環合，寂寥無人，淒神寒骨，

悄愴幽邃。以其境過清，不可久居，乃記之而去。

　　同遊者：吳武陵、龔古、余弟宗玄；隸而從者，崔氏二小生：曰恕己、曰奉壹。

三蘇三篇同名作比較

一‧前言

　　在中國文學史上，直至北宋，古文方取得文壇之主導地位，作家之眾，作品之豐，前所未有，所謂「唐宋古文八大家」，宋即居四分之三，而蘇氏父子竟佔有三席。

　　「老蘇」——蘇洵，字明允，生於宋真宗大中祥符二年，卒於英宗治平三年（西元 1009-1066 年），得年五十八。因為「少年不學」[1]，「二十五歲[2]始知讀書，從士君子遊」，繼而屢困場屋，「然後取古人之文而讀之，始覺其出言用意，與己大別[3]」，「由是盡燒曩時所為文數百篇」，是故在三蘇中，蘇洵流傳的作品數量最少，特以議論見長。

　　「大蘇」——蘇軾，字子瞻，一字和仲[4]，蘇洵之次子[5]，

---

[1]　此段引文俱出於蘇洵〈上歐陽內翰第一書〉，《四部備要》本（台北：中華書局，民國 54 年）‧十五卷《嘉祐集》卷十一。

[2]　除蘇洵自云「二十五歲」始知讀書外，他人俱作「二十七歲」，如：歐陽修《居士集》卷三十四‧〈蘇君墓誌銘序〉云：「年二十七始大發憤，謝其素所往來少年，閉戶讀書為文辭。」張方平《樂全集》卷三十九‧〈文安先生墓表〉云：「年二十七始讀書，不一二年，出諸老先生之右。」司馬光《溫國文正司馬公文集》卷七十六‧〈蘇主簿夫人墓誌銘〉云：「府君（洵）二十七猶不學」。

[3]　他本或作「異」，如《四部叢刊》所收清‧無錫孫氏藏影宋巾箱本十五卷《嘉祐集》即如是。

[4]　蘇轍《欒城後集》（北京：中華書局《蘇轍集》第三冊，1990 年 8

生於仁宗景祐三年，卒於徽宗建中靖國元年（1036-1101 年），
年六十六。由於才情天縱，敏銳易感，博學多聞，藻翰炳蔚，
所以著述豐富，兼善眾體。

「小蘇」——蘇轍，字子由，一字同叔，洵之三子，生於
仁宗寶元二年，卒於徽宗政和二年（1039-1112 年），享壽七
十四歲。小蘇視大蘇為師友，崇愛備至，自認為人、文學、
政事遠不如兄，己若有成，實兄之力[6]，而平生梗概、文學認
知、政治觀點，與軾彷彿，然宦達年齒則過之。其撰作亦夥，
尤擅亭記、書札。

雖曾歷黨禍文禁，然而南宋孝宗於乾道九年（1173 年）
御賜〈蘇文忠公贈太師制〉即云：「人傳元祐之學，家有眉山
之書」，可知三蘇之文，不僅冠冕百代，且千載聞風。蘇軾、
蘇轍兄弟幼承庭訓，家學淵源深厚，受父親蘇洵影響至巨，
而且小蘇又踵武師法大蘇，因此，三蘇之襟抱操節、思想傾

月初版）卷二十二．〈亡兄子瞻端明墓誌銘〉云：「公諱軾，姓蘇，
字子瞻，一字和仲，世家眉山。」郎曄選註《經進東坡文集事略》
（台北：世界書局，64 年 1 月再版）．〈東坡先生言行〉中亦作「一
字和仲」；卷五十九〈洗玉池銘〉，末句是「和仲父銘之，維以咏德」，
郎註云：「公一字和仲，見墓誌。」

但是，明．成化刊本《東坡後集》卷八及清．三蘇祠本《東坡全集》
卷十九，〈洗玉池銘〉末句為「仲和父銘之，維以咏德」。宋俞德鄰
《佩韋齋輯聞》卷一，亦云：「東坡一字仲和」。

5　因蘇洵長子景先早卒，故世稱蘇軾為「長公」。歷來人多誤認軾為
　　洵之長子，如朱熹《宋名臣言行錄後集》卷九云：「蘇軾文忠公，
　　字子瞻，老蘇之長子。」

6　蘇轍《欒城後集》卷二十二．〈辭尚書右丞箚子〉四首之二。

向、創作風格及文學技巧等，每見一脈相承、相互關連之跡。不過，大、小蘇受釋典、道經的薰陶，已超越單純的信仰，較老蘇更臻於哲理的境界；而迍邅的際遇、流竄的迢遙，亦使軾、轍累積了更豐富的人生閱歷，開拓了更廣闊的視野角度，擁有愈發充衍的寫作素才；加之個性、才華的不同；三蘇之作，自亦有其差異。

披覽三蘇文集，恰得三篇同名論著，乃〈六國論〉、〈管仲論〉與〈高祖（帝）論〉，現依內容、形式兩端，分別討論比較於後。

二‧分論

（一）〈六國論〉

蘇洵〈六國〉[7]論，堪稱其壓卷代表作，歷代選評、箋註、賞析的本子，鮮不提及。三蘇議論文取材，均偏好史實，同就六國發論，但立意不同。

北宋建國後，宋太祖趙匡胤鑒於五代藩鎮割據跋扈，及自身兵變奪權的經驗，畏懼大將握有武力，遂行「杯酒釋兵權」，右文偃革，使吏治、軍權、財賦全歸中央，削弱了北宋邊塞軍隊的戰鬥力量，助長遼（契丹）與西夏的氣焰，常常窺邊入寇騷擾劫掠，宋太宗雖兩次北征遼國，惜鎩羽而歸，從此宋朝對契丹、西夏每採厚賂妥協的路線。因外輸增多，

---

[7] 蘇洵〈六國〉，《四部備要》本《嘉祐集》卷三。

內賦必然加重，人民生活日益艱困，並在屈辱苟安政策下，國勢亦委靡難振，老蘇〈六國〉乃總結歷史經驗教訓，藉「六國破滅」「弊在賂秦」來諷喻鍼砭時事，憂國卹民之懷躍於言外。

仁宗至和元年（1054 年）戶部郎中張方平因譌有蠻警，移鎮西蜀，次年得蘇洵「所著權書、衡論閱之，如大雲之出於山，忽布無方，倏散無餘；如大川之滔滔東至於海源也，委蛇其無間斷也」[8]。嘉祐元年（1056 年）洵攜二子赴京秋試，呈〈權書〉、〈衡論〉、〈幾策〉二十二篇於翰林學士歐陽修，亦大獲稱賞，認為「其論議精於物理而善識變權，文章不為空言而期於有用」[9]，獻諸朝廷，使公卿士大夫爭相傳誦。完成於四十七歲以前的〈權書〉共有十篇，乃老蘇精研戰略、戰術之「兵書」，其云：「仁義不得已，而後吾權書用焉，然則權者，為仁義之窮而作也」[10]；〈六國〉則是其中第八篇。

全篇劈頭提破六國的破滅，非關「兵不利、戰不善」，而「弊在賂秦」。繼而文分兩脈，指出韓、魏、楚三國「賂秦而力虧，破滅之道也」，齊、燕、趙三國「不賂者以賂者喪，蓋失強援，不能獨完」。再點明六國圖存的積極做法正是「以賂秦之地封天下之謀臣，以事秦之心禮天下奇才，并力西嚮，

8　張方平〈文安先生墓表〉，《樂全集》卷三十九。

9　歐陽修〈薦布衣蘇洵狀──嘉祐五年〉，《歐陽文忠公集》卷一百一十。

10　蘇洵〈權書敘〉，三蘇祠堂刊本二十卷《嘉祐集》之卷二。《四部備要》本及影宋巾箱本《嘉祐集》均缺〈權書敘〉，而「敘」同「序」，蘇洵因避父親蘇序之諱，「序」皆作「敘」。

則吾恐秦人食之不得下咽也」。最後以畫龍點睛筆法導出「為
國者無使為積威之所劫哉」之警策，並歸結到「夫六國與秦
皆諸侯，其勢弱於秦，而猶有可以不賂而勝之之勢。苟以天
下之大，下而從六國破亡之故事，是又在六國下矣」的主旨，
結束全文。

六國覆亡的原因其實很多，蘇洵單就「弊在賂秦」慷慨
披陳，乃別具用心，希望以文代劍，擊碎彌漫已久畏敵厭兵、
苟且偷安的心態，畢竟契丹和西夏已非單用仁義得以安撫。

蘇軾〈六國論〉[11]依照南宋郎曄《經進東坡文集事略》卷
十二「論」下註云：「自此以下十六篇（即卷十二至卷十四所
收者），謂之志林，亦謂之海外論。」知當於哲宗紹聖四年（1097
年）流貶渡海至海南島後所作，已屆桑榆晚景的大蘇，早臻
超曠任達無所不適，對上下古今事，特具隻眼，行文亦能言
止而意不盡，跌蕩開闔，曲盡其妙。

全文由「春秋之末，至于戰國，諸侯卿相皆爭養士自謀
[12]」，於三教九流莫不賓禮，靡衣玉食使各安其處起筆，續云
「民何以支？而國何以堪乎？」「吾攷之世變，如六國之所以
久存，而秦之所以速亡者，蓋出於此。」一抑一揚間，縱論
養士之得失。再標舉出「智、勇、辯、力」四類秀傑之民，「先

---

[11]　見於《經進東坡文集事略》卷十四，成化本《東坡續集》卷八題作
　　〈論養士〉，《東坡後集》卷十一·〈志林十三首〉之第九首重出，
　　然無標題；而明·許國選編之《三蘇文粹》作〈戰國任俠〉。

[12]　《東坡續集》卷八與《東坡全集》卷六「自謀」二字下屬，而《東
　　坡後集》卷十一·〈志林〉則與《經進東坡文集事略》相同。

王分天下之富貴，與此四者共之。此四者不失職，則民靖矣」，回扣六國之君雖暴虐卻善養豪傑，使百姓無怨叛之先導；秦則「既并天下，則以客為無用，於是任法而不任人」，終致火速滅亡。最後述及漢文景武帝之世「法令至密」，王侯將相依舊「皆爭致賓客」，且以「豈懲秦之禍，以謂（當作「為」）爵祿不能盡縻天下士，故少寬之，使得或出於此也邪」[13]，反詰出「君子學道則愛人，小人學道則易使也」的主旨，強調教育方為國本，有全面深遠的影響。

老蘇、大蘇之〈六國論〉，皆藉賓襯主以謀篇，文瀾縱橫恣肆，旨要暗藏文末，需細加涵泳。

蘇轍〈六國論〉收錄於十二卷《欒城應詔集》卷一[14]，既屬應帝王之命而作，究之年譜，當在嘉祐二年（1057 年）十九歲進士及第時所寫。茅坤《唐宋八大家古文鈔》中論及蘇洵〈六國〉一文云：「一篇議論，由戰國策縱人之說來，卻能與戰國策相仲伯。當與子由六國論並看。」與父兄之作相較，小蘇〈六國論〉純然就事論事，以天下情勢、地緣位置、彼此脣齒依存的關係，探究六國次第淪亡的癥結；文勢平穩、文情質樸，然以史識、理致擅場。

其首將六國滅亡，歸咎於「當時之士慮患之疏而見利之淺，且不知天下之勢也」。然後彰明秦與諸侯相爭的關鍵在

---

[13] 《東坡續集》卷八作：「皆爭致賓客，『世主不問也』。豈『悠於』之禍，以『為』爵祿不能盡縻天下『之』士，故少寬之，使得或出於此也邪。」

[14] 蘇轍：《欒城應詔集》（北京：中華書局《蘇轍集》第四冊）。

韓、魏二國,韓、魏對秦而言,「譬如人之有腹心之疾也」;對諸侯言,則「塞秦之衝,而蔽山東(指秦嶺以東)之諸侯」。若「韓、魏折而入於秦,然後秦人得通其兵於東諸侯,而使天下遍受其禍」,不然,秦將遭腹背受敵之危事。

蘇轍指出六國自安之計,是齊、楚、燕、趙「厚韓親魏以擯秦」,四國「因得以自完於其間矣」,並暗助韓、魏,使「無東顧之憂,而為天下出身以當秦兵」。最後悲嘆六國短視近利,「背盟敗約,以自相屠滅,秦兵未出而天下諸侯已自困矣,至使秦人得間其隙,以取其國」作結。

蘇洵「文章其日工,而道將散矣」[15]的訓誨,早已深植二子之心,不過,三蘇為文並未輕忽文學之藝術性及修辭技巧,僅僅反對模擬雕琢、炫奇逞怪而已。

三蘇的散行文字中,屢屢融入原屬韻文的對偶、排比句式,非徒可以突顯重點,強調意旨,更能憑添文章的韻律節奏,加強文字的渲染力量。但蘇轍所寫的對偶、排比句較少,故文風趨於平淡。

三蘇〈六國論〉中,字數、詞性兩兩相對,嚴謹驪並的對偶句:洵文有「小則獲邑、大則得城」,「暴霜露、斬荊棘」,「刺客不行、良將猶在」,「勝負之數、存亡之理」,「以賂秦之地封天下之謀臣、以事秦之心禮天下之奇才」;軾文有「鳥獸之有鷙猛、昆蟲之有毒螫」,「墮名城、殺豪傑」;蘇轍則無之。

---

[15] 蘇軾〈鳧繹先生詩集敘〉,《東坡前集》卷二十四。

　　至於結構雷同，接續出現同性質意象的排比句：洵文有
「兵不利，戰不善」，「較秦之所得，與戰勝而得者，其實百
倍；諸侯之所亡，與戰敗而亡者，其實亦百倍」，「秦之所大
欲，諸侯之所大患」，「諸侯之地有限，暴秦之欲無厭；奉之
彌繁，侵之愈急」；軾文有「知六國之所以久存，而秦之所以
速亡者」，「三代以上，出於學；戰國至秦，出於客；漢以後，
出於郡縣；魏晉以來，出於九品中正；隋唐至今，出於科舉」，
「不知其槁項黃馘以老死於布褐乎？抑將輟耕太息以俟時
也」；轍文有「五倍之地，十倍之眾」，「范睢用於秦而收韓，
商鞅用於秦而收魏」，「燕、趙拒之於前，而韓、魏乘之於後」。

　　三蘇喜採詢問語句之設問法行文，冀使讀者反躬深思，
激起共鳴。三篇〈六國論〉迭見設問筆法：洵文為「或曰：
六國互喪，率賂秦耶」與「齊人未嘗賂秦，終繼五國遷滅，
何哉」；軾文為「民何以支、而國何以堪乎」，「向之食於四公
子呂不韋之徒者，皆安歸哉」，「故少寬之，使得或出於此也
邪」與「此豈秦漢之所及（也）哉[16]」；轍文為「此豈知天下
之勢邪」，「彼秦者將何為哉」與「可不悲哉」其間三蘇也運
用「嗚呼」、「悲夫」、「哉」、「邪」等感嘆辭和語尾助詞，來
增加文章氣勢。

　　就近取譬，以簡喻繁，每以具體事物說明抽象概念的譬
喻修辭法，三蘇〈六國論〉內，易見鮮明、貼切之例。蘇洵
認為六國不珍惜先人蓽路藍縷所闢之地，「舉以予人，如棄草

16　《經進東坡文集事略》本無「也」字，而《東坡全集》卷六及《東
　　坡續集》卷八則有之。

芥」，假使六國能團結「并力西嚮」，那麼秦人將會擔心得「食之不得下咽也」；蘇軾主張「國之有姦，猶鳥獸之有鷙猛，昆蟲之有毒螫也」，並將秦始皇以客為無用，使「民之秀異者，散而歸田畝」的情形，比作「縱百萬虎狼於山林，而飢渴之，不知其將噬人」；蘇轍則曰：「秦之有韓、魏，譬如人之有腹心之疾也」，且把強秦喻成「虎狼」。

（二）〈管仲論〉

蘇洵基於「春秋責備賢者」的心態，寫下〈管仲論〉[17]，撰述時間不詳。其寄語賢相重臣應有遠大的眼光與胸襟，以國家未來安危為念，及早培養接班人才，及時舉薦賢能以自代。此實是秉政為國之人，該書諸紳念茲在茲的箴規，更是歷久彌新的提示。此篇議論角度新穎，文勢順逆相激、圓活靈動，故歷代稱美，以為古文典範。相形之下，大、小蘇之〈管仲論〉較被忽視。

全文先寫管仲身居齊國治亂之樞紐，明揚而暗抑。由「夫功之成，非成於成之日，蓋必有所由起；禍之作，不作於作之日，亦必有所由兆」之警句，反覆申論管仲未能「憂其國之衰」、「不知本者」，不肯「舉天下之賢者以自代」之過失。然後用五霸之一晉文公為例，其身雖歿，「尚有老成人焉」，晉「得為諸侯之盟主者百有餘年」，反襯君臣才略遠勝晉之齊國，卻自「桓公之薨也，一亂塗地」，逼出「夫天下未嘗無賢

---

[17] 蘇洵〈管仲論〉，《四部備要》本《嘉祐集》卷八。

者，蓋有有臣而無君者矣」的暗藏蘊義，畢竟，國之治亂繫乎賢能居位否，而賢能能否居位，又端賴明君之有無。終云：「夫國以一人興，以一人亡」，再對管仲寓褒於貶，結束嫋娜百折之〈管仲論〉。

蘇軾〈管仲論〉有二：一是嘉祐六年（1061 年）應制科試時，所上之進卷[18]，全論管子兵法；一屬〈志林〉十三首之末[19]，由管仲功過開啟文緒。前篇與老蘇、小蘇之同名作無涉，故單就後者言之。

全文先讚美「大哉！管仲之相桓公也。辭子華之請，而不違曹沫之盟，皆盛德之事也」。再行批評，「恨其不學道，不自誠意正心（身）[20]以刑其國」。續以孔子對管仲器量、行徑「小之」，然對其功業、貢獻「予之亦至矣」，推翻孟子「仲尼之徒，無道桓文之事者」的說法。

接著，蘇軾以異峰突起之勢，從桓公、管仲引出「可以為萬世法」七人、「可以為萬世戒」八人之史事，依與世論舛午之獨特史觀，推衍出「世之人以成敗為是非」及「為天下如養生，憂[21]國備亂如服藥」的結語。

大蘇〈管仲論〉，無論命意、謀篇，皆似天馬行空，超然

18　見於《經進東坡文集事略》卷六·〈進論〉之一，及《東坡應詔集》卷八。郎曄〈進論〉下註云：「此係應制科時，所上進卷。」

19　見於《經進東坡文集事略》卷十三，《東坡續集》卷八作〈論管仲〉。

20　《東坡續集》卷十一作「不自誠意正『身』以刑其國」，而《經進東坡文集事略》卷十三與《東坡全集》卷六「身」作「心」。

21　《經進東坡文集事略》卷十三誤作「愛」，據《東坡續集》卷八、《東坡後集》卷十一及《東坡全集》卷六改。

莫測,縱橫倏忽,有跨竈之興。

蘇轍〈歷代論一并引〉云:「(哲宗)元符庚辰(三年——1100年),蒙恩歸至嶺南,卜居潁川(河南·許昌)。身世相忘,俯仰六年,洗然無所用心,復自放圖史之間,偶有所感,時復論著。……凡四十有五篇,分五卷。」而〈管仲〉一論即其中之一[22]。

蘇轍開篇即明言「先君嘗言」云云,結尾又說:「昔先君之論云爾」,點明〈管仲〉一論,乃承襲父說而來。但小蘇無愧于大家之稱,筆鋒一轉,專就「適、庶爭奪之禍所從起也」,在齊桓公與管仲「溺於淫欲而不能自克無已」的論點上,加以發揮,如此,不但可與父作相呼應,又無疊床架屋之嫌,也符合其個性文風。

對洵作略筆處,反舉《傳》語(不見於今之《春秋三傳》)詳加敘述,說明易牙「殺子以適君」、開方「倍親以適君」、豎刁「自宮以適君」,皆「非人情」,不可重用,難以親近。再藉《論語·顏淵篇》孔子之語,突顯「世未嘗無小人也,有君子以閑之,則小人不能奮其智」的文旨。

終評管仲「內既不能治身,外復不能用人」之失。

三蘇〈管仲論〉中,不乏排比句:洵文有「相桓公,霸諸侯,攘戎狄」,「功之成,非成於成之日,蓋必有所由起;禍之作,不作於作之日,亦必有所由兆」,「齊之治也,吾不

---

[22] 蘇轍〈管仲〉,《欒城後集》卷七·〈歷代論一〉(北京:中華書局《蘇轍集》第三冊)。

曰管仲，而曰鮑叔；及其亂也，吾不曰豎刁、易牙、開方，而曰管仲」，「聲不絕乎耳，色不絕乎目」，「國以一人興，以一人亡，賢者不悲其身之死，而憂其國之衰」；軾文有「綏之以德，加之以訓辭」，「辭子華之請，而不違曹沫之盟」，「自今而言之，則元海、祿山，死有餘罪；自當時言之，則不免為殺無罪」，及迭用「某人如何而不殺某人」、「不如何，雖有某人，不能如何」、「某代之某人」、「某帝以某種原因而殺某人」等排比句型；轍文則有「內既不能治身，外復不能用人」。

蘇洵、蘇軾幾乎全以設問法寫成〈管仲論〉，洵文九見，軾文七見。而蘇轍〈管仲〉一篇，不到四百字，亦四見設問筆法。正如〈六國論〉，三蘇也習用「嗚呼」、「也」、「哉」等詞，來強調文勢。

至於譬喻修辭法，蘇洵〈管仲論〉把管仲臨終遺言的約束力，比喻成或可拘縶桓公手足之物。而蘇軾〈管仲論〉中，將治理天下比作養生，所謂養生，當在未病之前；將誅殺危險份子憂國備亂的舉措，比作服藥，而服藥需在已病之後；若「憂寒疾而先服烏喙，憂熱疾而先服甘遂，則病未作而藥已殺人矣」。懂得方劑藥理的大蘇，才會寫出此種構思精巧、適中人意的譬喻。

（三）〈高祖（帝）論〉

蘇洵〈高祖〉一論[23]，為〈權書〉十篇之末。其〈上韓樞

---

[23] 蘇洵〈高祖〉，《四部備要》本《嘉祐集》卷三，除文末稱「高祖之

密（琦）書〉曰：「洵著書無他長，及言兵事，論古今形勢，至自比賈誼；所獻權書，雖古人已往成敗之跡，苟深曉其義，施之於今，無所不可。」[24]遂知洵文不徒發，撰作〈權書〉，旨在適於世用。

老蘇〈高祖〉首云漢高祖挾數用術不如陳平，揣摩天下之勢不如張良，卻暗寓劉邦能夠駕馭足智多謀之臣的高明；至於替後世子孫計量，預先為之規劃處置的智慧，遠非陳、張可及；因為，漢高祖「明於大而暗於小」。

繼而推論高祖「以太尉屬（周）勃」、「不去呂后」的理由，在於「知有呂氏之禍」，「安劉氏必勃也」，及「為惠帝計」，「家有主母，而豪奴悍婢不敢與弱子抗」。再憑虛駕空，自出新意，揣測高祖命陳平、周勃即於軍中斬「與帝偕起，拔城陷陣，功不為少矣」的樊噲，因「其娶於呂氏（呂后妹呂須），呂氏之族若產、祿輩，皆庸才不足卹，獨噲豪健，諸將所不能制，後世之患，無大於此也」。最後獨斷噲若不死，必助祿、產叛變，而陳平、周勃畏呂后威，僅執噲返京，乃「遺其（高祖）憂者也」，回頭反襯高祖之「明於大」。

歷代文評對蘇洵此作，褒貶不一。如《百大家評古文關鍵》中，曾鞏曰：「作高祖論，其雄壯俊偉，若決江河而下也；其輝光明白，若引星辰而上也。」《唐宋八大家文鈔》中，茅坤曰：「……且噲不死，其助祿、產之叛亦未必。觀其譙羽鴻

未崩也」，餘皆作「高帝」。三蘇祠本《嘉祐集》卷三，則「高祖」、「高帝」間出。

[24] 蘇洵〈上韓樞密書〉，《四部備要》本《嘉祐集》卷十。

門與排闥而諫，噲亦似有氣岸而能守正者，豈可以屠狗之雄
而遽逆其詐哉！蘇氏父子兄弟往往以事後成敗撿拾人得失，
類如此。」其實，〈高祖〉一論，真正蘊義在強調帝王得眼光
遠大，須顧及千秋萬世基業，不能只圖近利求苟安。

蘇軾〈漢高帝論〉[25]乃二十五歲應制科試時，所呈〈進論〉
中的一篇，先云：「有進說於君者，因其君之資，而為之說，
則用力寡矣。人惟好善而求名，是故仁義可以誘而進，不義
可以劫而退。」揭示遊說人主的竅門，必得依其心性。

續論「漢高帝起於草莽之中」，「知天下之利害與兵之勝
負而已」，「安知」抑或「不喜」仁義之說。當「天下既平，
以愛故，欲易太子。大臣叔孫通、周昌之徒力爭之，不能得；
用留侯計，僅得之。」蘇軾「以為高帝最易曉者，苟有以當
其心，彼無所不從」，爭臣應該稟明「愛之者，祇以禍之」之
理，切勿堅持「廢嫡立庶」之說；並批評留侯計策，只是藉
原本義不為漢臣之商山四皓卻肯屈就輔佐太子的情勢，迫使
高祖「不得不從」罷了。

歸結出「事君者，不能使其心知其所以然，而（以）[26]樂
從吾說，而欲以勢奪之，亦已危矣」的主旨。終以「古之善
原人情而深識天下之勢者，無如高帝，然至此而惑，亦無有
以告之者」，惋歎收筆。

至於文中，「惠帝既死，而呂后始有邪謀，此出於無聊耳，

25　蘇軾〈漢高帝論〉，《經進東坡文集事略》卷五、《東坡應詔集》卷七。
26　《東坡應詔集》卷七．〈漢高帝論〉作：「『以』樂從吾說」。

而高帝安得逆知之」的論點，則與父親〈高祖論〉迥異。

　　蘇轍〈漢高帝〉[27]亦屬〈歷代論〉四十五篇之一。完成的時間遠遲於父兄之作，卻獨闢蹊徑，不談劉邦的智謀、眼界、背景、性格，而是在晚年杜門卻客，燕坐觀書，「沈潛而樂易，致曲以遂直」[28]的境況裡，認定漢高祖「兵不血刃，而至咸陽」，「此天命，非人謀也」，並三致此意。

　　小蘇的理由有五：一是「諸侯皆起於群盜，不習兵勢，陵藉郡縣，狃於亟勝，不知秦之未可攻也」。其次，「（秦）與項梁遇，苦戰再三，然後破之，梁雖死，而秦之銳鋒亦略盡矣」。其三，「（章）邯以為楚地諸將不足復慮，乃渡河北擊趙。邯既北，而秦國內空。至是秦始可擊，而高帝乘之」。第四，楚懷王有鑒於項羽殘暴而劉邦為長者，「秦父兄苦其主久矣，誠得長者往，無侵暴，宜可下」，遂只准許劉邦入關。第五，「邯、羽相持於河北」，漢高祖劉邦方可乘隙入咸陽。五項理由娓娓鋪陳，純悉史筆。

　　三蘇〈高祖（帝）論〉的排比句，各兩見。洵文為「漢高帝挾數用術，以制一時之利害，不如陳平；揣摩天下之勢，舉指搖目以劫制項羽，不如張良」及「武王沒，成王幼，而三監叛」。軾文為「仁義可以誘而進，不義可以劫而退」與「如此而為利，如此而為害；如此而可，如此而不可」。轍文為「秦雖無道，而其兵力強；諸侯雖銳，而皆烏合之眾」和「殺周

27　蘇轍〈漢高帝〉，《欒城後集》卷七・〈歷代論一〉（北京：中華書局《蘇轍集》第三冊）。

28　黃庭堅〈寄蘇子由書〉三首之一，〈豫章黃先生文集〉卷十九。

章、破陳涉，降魏咎、斃田儋」。

老蘇、大蘇〈高祖（帝）論〉，也各運用了四、五次設問法。洵文中如：「劉氏既安矣，勃又將誰安邪」、「其不去呂后，何也」、「彼豈獨於噲不仁耶」、「見其親戚乘勢為帝王，而不欣然從之邪」；軾文中如：「安知所謂仁義者哉」、「誰肯北面事戚姬子乎」、「無有以奚齊、卓子之所以死，為高帝言之者歟」、「其為計不已疎乎」、「高帝安得逆知之」；而小蘇〈漢高帝論〉，未見使用設問修辭法。

三篇〈高祖（帝）論〉，均有傳神、生動的譬喻。蘇洵將漢高祖未雨綢繆替後世子孫所作的安排，且能一如預料、比成「如目見其事而為之者」；並把高祖眼中，「佐帝定天下，為大臣素所畏服」的呂氏，喻成「醫者之視菫也」，刻意欲斬樊噲，「削其黨以損其權」，目的使呂后一如限量的有毒菫草，「可以治病，而無至於殺人」。蘇軾把「觀其天資，固亦有合於仁義者，而不喜仁義之說」的高祖，比作「終日為不義，而至以不義說之，則亦怫然而怒」的小人。蘇轍則把秦之兵強將猛橫掃諸侯的情況，形容成「如獵狐兔，皆不勞而定」。

三・總結

綜觀三蘇三篇同名作，均依〈六國〉、〈管仲〉、〈高祖（帝）〉為題立論，命意內容雖有喬梓昆仲承續相涉之處，但對史事、人物的切入角度常見差異，剖析歸納亦各有見地。章法佈局變化莫測，每每巧不可階。文氣磅礴，順逆往復，運用自如。

清・林雲銘《古文析義初編》卷六・蘇洵〈管仲篇〉後

評曰：「蘇家立論，多自騁筆力，未必切當事情；惟文字高妙，層層翻駁不窮，確是難得。」三蘇立論確當與否，實乃仁智之見，但彼等推勘辯駁的功力，有為而作的苦心，不容輕忽。至於所謂「文字高妙」，不在雕章繢句，而在蓬勃恢暢貫注全文的氣勢，這種文勢，源出於熾熱的情懷、磊落的胸襟，以及現實的激發、典籍的陶冶。三蘇行文，光憑氣勢，業已具有懾服人心的文藝魅力。小蘇承父事兄，仍能磨光濯色，獨成一家之言，然因沈潛內斂，文境較顯柔穩紆淡，不似父之老健峭厲，兄之明快雄雋。

因為三蘇熟讀經書史冊，左右逢源，是故僅在〈六國〉、〈管仲〉、〈高祖（帝）〉三論內，已數見徵引《論》、《孟》、《詩》、《傳》，闡發己意，並且類引史事為證或作今昔對比。如蘇洵〈管仲論〉，類引史鰌屍諫以進賢遠佞和蕭何臨終舉賢自代之事。〈高祖〉則類引韓信、黥布、盧綰叛逆之例，推論樊噲必反。蘇軾〈六國論〉先類引春秋戰國以至秦漢，諸侯卿相爭相養士的情形；再列舉三代以至北宋，拔擢秀傑之民的方法。〈管仲論〉則類引七人為萬世法，另外八人為萬世戒。蘇轍〈管仲〉一文，類引了易牙、開方、豎刁不近人情的小人行徑。而老蘇〈高祖〉文中，以漢高祖自忖若己駕崩，將相大臣諸侯王環伺，惠帝卻幼弱無助，與西周之際，武王歿，成王幼，而三監叛的狀況雷同，作一今昔之比。大蘇〈漢高帝論〉乃以昔日奚齊、卓子的下場，作為今日更立太子之殷鑑。

三蘇之作，排比散行句式依勢成文，且精於設問、譬喻等修辭技巧，使議論篇章，饒富藝術美感。同時善用「而」、「然」等虛字，藉茲轉筆或施力，讓作品不致呆板乏味。蘇

氏父子主張自然成文，反對粉飾造作，不過亦可拈舉一、二「鍊字」之例：如洵〈六國〉首曰：「六國破滅，非兵不利，戰不善，弊在賂秦」之「弊」字；軾〈漢高帝論〉云：「天下既平，以愛故，欲易太子。大臣叔孫通、周昌之徒爭之，不能得；用留侯計，僅得之」之「僅」字；轍〈漢高帝〉曰：「項羽為人慄悍禍賊，嘗攻襄城，襄城無噍類，所過無不殘滅」之「慄悍禍賊」。此正大家手筆，運斤成風，不落鑿痕。

本篇發表於：

《中國文化大學中文學報》第三期　84.7　頁 135-152

宋·蘇洵

〈六國〉　（據《四部備要》本《嘉祐集》卷三）

六國破滅，非兵不利，戰不善，弊在賂秦。賂秦而力虧，破滅之道也。

或曰：六國互喪，率賂秦耶？曰：不賂者以賂者喪。蓋失強援，不能獨完，故曰：弊在賂秦也。

秦以攻取之外，小則獲邑，大則得城。較秦之所得，與戰勝而得者，其實百倍；諸侯之所亡，與戰敗而亡者，其實亦百倍；則秦之所大欲，諸侯之所大患，固不在戰矣。思厥先祖父，暴霜露，斬荊棘，以有尺寸之地；子孫視之不甚惜，舉以予人，如棄草芥，今日割五城，明日割十城，然後得一夕安寢，起視四境，而秦兵又至矣。然則諸侯之地有限，暴

秦之欲無厭，奉之彌繁，侵之愈急，故不戰而強弱勝負已判矣；至于顛覆，理固直然。古人云：「以地事秦，猶抱薪救火，薪不盡，火不滅。」此言得之。

齊人未嘗賂秦，終繼五國遷滅，何哉？與嬴而不助五國也。五國既喪，齊亦不免矣。燕、趙之君，始有遠略，能守其土，義不賂秦。是故燕雖小國而後亡，斯用兵之效也。至丹以荊卿為計，始速禍焉。趙嘗五戰于秦，二敗而三勝。後秦擊趙者再，李牧連却之。洎牧以讒誅，邯鄲為郡，惜其用武而不終也。且燕、趙處秦革滅殆盡之際，可謂智力孤危，戰敗而亡，誠不得已。向使三國各愛其地，齊人勿附于秦，刺客不行，良將猶在，則勝負之數，存亡之理，當與秦相較，或未易量。

嗚呼！以賂秦之地封天下之謀臣，以事秦之心禮天下之奇才，并力西嚮，則吾恐秦人食之不得下咽也。悲夫！有如此之勢，而為秦人積威之所劫，日削月割，以趨於亡。為國者無使為積威之所劫哉！

夫六國與秦皆諸侯，其勢弱於秦，而猶有可以不賂而勝之之勢。苟以天下之大，下而從六國破亡之故事，是又在六國下矣。

宋・蘇軾

〈六國論〉　（據《經進東坡文集事略》卷第十四）

春秋之末，至于戰國，諸侯卿相皆爭養士自謀。其謀夫說客、談天雕龍、堅白同異之流，下至擊劍扛鼎，雞鳴狗盜

之徒，莫不賓禮。靡衣玉食，以館於上者，不可勝數。越王
勾踐有君子六千人，魏無忌、齊田文、趙勝、黃歇、呂不韋，
皆有客三千人，而田文招致任俠姦人六萬家於薛，齊稷下談
者亦千人。魏文侯、燕昭王、太子丹，皆致客無數；下至秦、
漢之間，張耳、陳餘號多士，賓客廝養，皆天下俊傑；而田
橫亦有士五百人。其見於傳記者如此，度其餘當倍官吏而半
農夫也，此皆役人以自養者，民何以支而國何以堪乎？蘇子
曰：此先王之所不能免也。國之有姦，猶鳥獸之有鷙猛、昆
蟲之有毒螫也。區處條別，各使安其處，則有之矣；鋤而盡
去之，則無是道也。吾攷之世變，知六國之所以久存，而秦
之所以速亡者，蓋出於此，不可不察也。

夫智、勇、辯、力，此四者，皆天民之秀傑也。類不能
惡衣食以養人，皆役人以自養也。故先王分天下之富貴，與
此四者共之。此四者不失職，則民靖矣。四者雖異，先王因
俗設法，使出于一。三代以上，出於學；戰國至秦，出於客；
漢以後，出於郡縣；魏晉以來，出於九品中正；隋唐至今，
出於科舉。雖不盡然，取其多者論之。

六國之君，虐用其民，不減始皇、二世，然當是時，百
姓無一叛者，以凡民之秀傑者，多以客養之，不失職也。其
力耕以奉上，皆椎魯無能為者，雖欲怨叛，而莫為之先，此
其所以少安而不即亡也。

始皇初欲逐客，用李斯之言而止。既并天下，則以客為
無用，於是任法而不任人，謂民可以恃法而治，謂吏不必才，
取能守吾法而已；故墮名城，殺豪傑，民之秀異者，散而歸
田畝。向之食於四公子、呂不韋之徒者，皆安歸哉？不知其

槁項黃馘以老死於布褐乎？抑將輟耕太息以俟時也？秦之亂，雖成於二世，然使始皇知畏此四人者，有以處之，使不失職，秦之亡，不至若是速也。縱百萬虎狼於山林而饑渴之，不知其將噬人。世以始皇為智，吾不信也。

楚漢之禍，生民盡矣，豪傑宜無幾；而代相陳豨過代，從車千乘，蕭、曹為政，莫之禁也。至文、景、武之世，法令至密，然吳濞、淮南、梁王、魏其、武安之流，皆爭致賓客。豈懲秦之禍，以謂爵祿不能盡縻天下士，故少寬之，使得或出於此也邪？

若夫先王之政，則不然，曰：「君子學道則愛人，小人學道則易使也。」嗚呼！此其秦漢之所及哉？

宋·蘇轍

〈六國論〉　　（據《蘇轍集》第四冊·《欒城應詔集》卷一）

愚讀六國世家，竊怪天下之諸侯，以五倍之地、十倍之眾，發憤西向，以攻山西千里之秦，而不免於滅亡。常為之深思遠慮，以為必有可以自安之計。蓋未嘗不咎其當時之士，慮患之疏而見利之淺，且不知天下之勢也。

夫秦之所與諸侯爭天下者，不在齊、楚、燕、趙也，而在韓、魏。秦之有韓、魏，譬如人之有腹心之疾也。韓、魏塞秦之衝，而蔽山東之諸侯，故夫天下之所重者，莫如韓、魏也。昔者范睢用於秦而收韓，商鞅用於秦而收魏。昭王未得韓、魏之心，而出兵以攻齊之剛壽，而范睢以為憂；然則秦之所忌者，可以見矣。秦之用兵於燕、趙，秦之危事也。

越韓過魏而攻人之國都，燕、趙拒之於前，而韓、魏乘之於後，此危道也。而秦之攻燕、趙，未嘗有韓、魏之憂，則韓、魏之附秦故也。

夫韓、魏，諸侯之障，而使秦人得出入於其間，此豈知天下之勢邪？委區區之韓、魏，以當強虎狼之秦，彼安得不折而入於秦哉！韓、魏折而入於秦，然後秦人得通其兵於東諸侯，而使天下遍受其禍。

夫韓、魏不能獨當秦，而天下之諸侯，藉之以蔽其西，故莫如厚韓親魏以擯秦。秦人不敢逾韓、魏以窺齊、楚、燕、趙之國，而齊、楚、燕、趙之國，因得以自完於其間矣。以四無事之國，佐當寇之韓、魏，使韓、魏無東顧之憂，而為天下出身以當秦兵，以二國委秦，而四國休息於內，以陰助其急。若此可以應夫無窮。彼秦者將何為哉？不知出此，而乃貪疆場尺寸之利，背盟敗約，以自相屠滅，秦兵未出，而天下諸侯已自困矣，至使秦人得間其隙，以取其國，可不悲哉！

宋・蘇洵

〈管仲論〉　（據《四部備要》本《嘉祐集》卷八）

管仲相桓公，霸諸侯，攘戎狄，終其身，齊國富強，諸侯不叛。管仲死，豎刁、易牙、開方用，桓公薨於亂，五公子爭立，其禍蔓延，訖簡公，齊無寧歲。

夫功之成，非成於成之日，蓋必有所由起；禍之作，不作於作之日，亦必有所由兆。則齊之治也，吾不曰管仲，而

曰鮑叔；及其亂也，吾不曰豎刁、易牙、開方，而曰管仲。何則？豎刁、易牙、開方三子，彼固亂人國者，顧其用之者，桓公也。夫有舜而後知放四凶，有仲尼而後知去少正卯。彼桓公何人也？顧其使桓公得用三子者，管仲也。

仲之疾也，公問之相。當是時也，吾以仲且舉天下之賢者以對，而其言乃不過曰豎刁、易牙、開方三子，非人情，不可近而已。嗚呼！仲以為桓公果能不用三子矣乎？仲與桓公處幾年矣，亦知桓公之為人矣乎！桓公聲不絕乎耳，色不絕乎目，而非三子者，則無以遂其欲。彼其初之所以不用者，徒以有仲焉耳。一日無仲，則三子者，可以彈冠相慶矣。仲以為將死之言，可以繫桓公之手足邪？夫齊國不患有三子，而患無仲。有仲，則三子者，三匹夫耳。不然，天下豈少三子之徒？雖桓公幸而聽仲，誅此三人，而其餘者，仲能悉數而去之邪？嗚呼！仲可謂不知本者矣。因桓公之問，舉天下之賢者以自代，則仲雖死，而齊國未為無仲也，夫何患？三子者不言可也。

五霸莫盛於桓、文。文公之才不過桓公，其臣又皆不及仲，靈公之虐不如孝公之寬厚；文公死，諸侯不敢叛晉，晉襲文公之餘威，得為諸侯之盟主百有餘年。何者？其君雖不肖，而尚有老成人焉。桓公之薨也，一亂塗地，無惑也，彼獨恃一管仲，而仲則死矣。

夫天下未嘗無賢者，蓋有有臣而無君者矣。桓公在焉，而曰天下不復有管仲者，吾不信也。仲之書有記其將死，論鮑叔、賓胥無之為人，且各疏其短，是其心以為是數子者，皆不足以託國，而又逆知其將死，則其書誕謾不足信也。

吾觀史鰌以不能進蘧伯玉而退彌子瑕，故有身後之諫；
蕭何且死，舉曹參以自代；大臣之用心，固宜如此也。夫國
以一人興，以一人亡，賢者不悲其身之死，而憂其國之衰，
故必復有賢者而後可以死。彼管仲者，何以死哉？

宋・蘇軾

〈管仲論〉　（據《經進東坡文集事略》卷第十三）

　　鄭太子華言於齊桓公，請去三族，而以鄭為內臣。公將
許之，管仲曰：「不可。」公曰：「諸侯有討於鄭，未捷，苟
有釁，從之，不亦可乎？」管仲曰：「君若綏之以德，加之以
訓辭，而率諸侯以討鄭，鄭將覆亡之不暇，豈敢不懼。若摠
其罪人以臨之，鄭有辭矣。」公辭子華，鄭伯乃受盟。蘇子
曰：「大哉！管仲之相桓公也。辭子華之請，而不違曹沫之盟，
皆盛德之事也。齊可以王矣。恨其不學道，不自誠意正心以
刑其國，使家有三歸之病，而國有六嬖之禍，故桓公不王，
而孔子小之；然其予之亦至矣，曰：『桓公九合諸侯，不以兵
車，管仲之力也。如其仁，如其仁。』曰：『仲尼之徒，無道
桓文之事者』，孟子蓋過矣。」

　　吾讀《春秋》以下史：得七人焉，皆盛德之事也，可以
為萬世法；又得八人焉，皆反是，可以為萬世戒。太公之治
齊也，舉賢而上功。周公曰：「後世必有篡弒之臣。」天下誦
之，齊蓋知之矣。田敬仲之始生也，周史筮之，其奔齊也，
齊懿氏卜之，皆知其必有齊國也。（篡弒之疑，蓋萃於敬仲矣。）
然桓公、管仲不以是廢之，（乃欲以為卿，）非盛德能如是乎？

故吾以謂楚成王知晉之必霸,而不殺重耳。漢高祖知東南之必亂,而不殺吳王濞。晉武帝聞齊王攸之言,而不殺劉元海。符堅信王猛,而不殺慕容垂。唐明皇用張九齡,而不殺安祿山。皆盛德之事也。而世之論者,則以謂此七人者,(皆)失於不殺以啟亂。吾以謂不然。七人者,皆有以自致敗亡,非不殺之過也。齊景公不繁刑重賦,雖有田氏,齊不可取。楚成王不用子玉,雖有晉文公,兵不敗。漢景帝不害吳太子,不用晁錯,雖有吳王濞,無自發。晉武帝不立孝惠,雖有劉元海,不能亂。符堅不貪江左,雖有慕容垂,不能叛。明皇不用李林甫、楊國忠,雖有安祿山,亦何能為。秦之由余,漢之金日磾,唐之李光弼、渾瑊之流,皆蓄種也,何負於中國哉?而獨殺元海、祿山乎!且夫自今而言之,則元海、祿山,死有餘罪;自當時言之,則不免為殺無罪。豈有天子殺無罪,而不得罪於天者。上失其道,塗之人皆敵國也。天下豪傑,其可勝既乎!

漢景帝以快快而殺周亞夫,曹操以名重而殺孔融,晉文帝以臥龍而殺嵇康,晉武帝亦以名重而殺夏候玄,宋明帝以族大而殺王彧,齊後主以謠言而殺斛律光,唐太宗以讖而殺李君羨,武后亦以讒言而殺裴炎。世皆以謂非也。此八人者,當時之慮,豈非愛(憂)國備亂,與憂元海、祿山者同乎?

甚矣!世之人以成敗為是非也。故夫嗜殺人者,必以鄧侯不殺楚子為口實。以鄧之微,無故殺大國之君,使楚人舉國而仇之,其亡不愈甚乎!

吾以謂為天下如養生,愛(憂)國備亂如服藥。養生者,不過謹起居飲食、節聲色而已。節謹在未病之前,而服藥在

已病之後。今吾憂寒疾而先服烏喙，憂熱疾而先服甘遂，則病未作而藥已殺人矣。彼八人者，皆未病而服藥者也。

宋・蘇轍

〈管仲〉　（據《蘇轍集》第三冊・《欒城後集》卷七）

先君嘗言：「管仲九合諸侯，一匡天下，以桓公伯，孔子稱其仁，而不能止五公子之亂，使桓公死不得葬。」曰：「管仲蓋有以致此也哉！」管仲身有三歸，桓公內嬖如夫人者六人，而不以為非，此固適、庶爭奪之禍所從起也。然桓公之老也，管仲與桓公為身後之計，知諸子之必爭，乃屬世子於宋襄公。夫父子之間，至使他人與焉，智者蓋至此乎。於乎！三歸、六嬖之害，溺於淫欲而不能自克無已，則人乎？《詩》曰：「無競維人，四方其訓之。」四方且猶順之，而況於家人乎？

《傳》曰：「管仲病且死，桓公問誰可使相者。管仲曰：『知臣莫若君。』公曰：『易牙何如？』對曰：『殺子以適君，非人情，不可。』公曰：『開方何如？』曰：『倍親以適君，非人情，難近。』公曰：『豎刁何如？』曰：『自宮以適君，非人情，難親。』管仲死，桓公不用其言，卒近三子，二年而禍作。」夫世未嘗無小人也，有君子以閒之，則小人不能奮其智。《語》曰：「舜有天下，選於眾，舉皋陶，不仁者遠矣；湯有天下，選於眾，舉伊尹，不仁者遠矣。」豈必人人而誅之！

管仲知小人之不可用，而無以禦之，何益於事？內既不

能治身，外復不能用人，舉易世之憂，而屬之宋襄公，使禍既已成，而後宋人以干戈正之。於乎殆哉！昔先君之論云爾。

宋・蘇洵

〈高祖〉　（據《四部備要》本《嘉祐集》卷三）

漢高帝挾數用術，以制一時之利害，不如陳平；揣摩天下之勢，舉指搖目以劫制項羽，不如張良。微此二人，則天下不歸漢，而高帝乃木強之人而止耳。然天下已定，後世子孫之計，陳平、張良智之所不及，則高帝常先為之規畫處置，以中後世之所為，曉然如目見其事而為之者。蓋高帝之智，明於大而暗於小，至於此而後見也。

帝嘗語呂后曰：「周勃厚重少文，然安劉氏必勃也。可令為太尉。」方是時，劉氏既安矣，勃又將誰安邪？故吾之意曰：高帝之以太尉屬勃也，知有呂氏之禍也。

雖然，其不去呂后，何也？勢不可也。昔者武王沒，成王幼，而三監叛。帝意百歲後，將相大臣及諸侯王有武庚祿父者，而無有以制之也。獨計以為家有主母，而豪奴悍婢不敢與弱子抗。呂后佐帝定天下，為大臣素所畏服，獨此可以鎮壓其邪心，以待嗣子之壯。故不去呂氏者，為惠帝計也。

呂后既不可去，故削其黨以損其權，使雖有變而天下不搖。是故以樊噲之功，一旦遂欲斬之而無疑。嗚呼！彼豈獨於噲不仁耶？且噲與帝偕起，拔城陷陣，功不為少矣。方亞父嗾項莊時，微噲誚讓羽，則漢之為漢，未可知也。一旦人有惡噲欲滅戚氏者，時噲出伐燕，立命平、勃即斬之。夫噲

之罪未形也，惡之者誠偽未必也，且高帝之不以一女子斬天
下之功臣，亦明矣。彼其娶於呂氏，呂氏之族若產、祿輩，
皆庸才不足卹，獨噲豪健，諸將所不能制，後世之患，無大
於此矣。夫高帝之視呂后也，猶醫者之視菫也，使其毒可以
治病，而無至於殺人而已矣。樊噲死，則呂氏之毒將不至於
殺人，高帝以為是足以死而無憂矣。彼平、勃者，遺其憂者
也。噲之死於惠之六年也，天也。使其尚在，則呂祿不可紿，
太尉不得入北軍矣。

　　或謂噲於帝最親，使之尚在，未必與產、祿叛。夫韓信、
黥布、盧綰皆南面稱孤，而綰又最為親幸，然及高祖之未崩
也，皆相繼以逆誅。誰謂百歲之後，椎埋屠狗之人，見其親
戚乘勢為帝王而不欣然從之邪？吾故曰：彼平、勃者，遺其
憂者也。

宋‧蘇軾

〈漢高帝論〉　（據《經進東坡文集事略》卷第五）

　　有進說於君者，因其君之資而為之說，則用力寡矣。人
唯好善而求名，是故仁義可以誘而進，不義可以劫而退。若
漢高帝起於草莽之中，徒手奮呼，而得天下，彼知天下之利
害與兵之勝負而已，安知所謂仁義者哉？觀其天資，固亦有
合於仁義者，而不喜仁義之說，此如小人終日為不義，而至
以不義說之，則亦怫然而怒。故當時之善說者，未嘗敢言仁
義與三代禮樂之教，亦惟曰如此而為利、如此而為害，如此
而可、如此而不可，然後高帝擇其利與可者而從之，蓋亦未

嘗遲疑。

天下既平，以愛故，欲易太子。大臣叔孫通、周昌之徒力爭之，不能得；用留侯計，僅得之。蓋讀其書至此，未嘗不太息，以為高帝最易曉者，苟有以當其心，彼無所不從。盍亦告之以呂后，太子從帝起於布衣以至於定天下，天下望以為君，雖不肖，而大臣心欲之；如百歲後，誰肯北面事戚姬子乎？所謂愛之者，祗以禍之。嗟夫！無有以奚齊、卓子之所以死，為高帝言者歟？

叔孫通之徒，不足以知天下之大計，獨有廢嫡立庶之說，而欲持此以卻之，此固高帝之所輕為也。人固有所不平，使如意為天子，惠帝為臣，絳灌之徒，圜視而起，如意安得而有之，孰與其全安而不失為王之利也？如意之為王，而不免於死，則亦高帝之過矣。不少抑遠之，以泄呂后不平之氣，而又厚封焉，其為計不已踈乎？或曰：呂后強悍，高帝恐其為變，故欲立趙王。此又不然。自高帝之時而言之，計呂后之年，當死於惠帝之手。呂后雖悍，亦不忍奪之其子以與姪。惠帝既死，而呂后始有邪謀，此出於無聊耳，而高帝安得逆知之。且夫事君者，不能使其心知其所以然，而樂從吾說，而欲以勢奪之，亦已危矣。如留侯之計，高帝顧戚姬悲歌而不忍，特以其勢不得不從，是以區區猶欲為趙王計，使周昌相之，此其心猶未悟，以為一強項之周昌，足以抗呂后而捍趙王，不知周昌激其怒，而速之死耳。

古之善原人情而深識天下之勢者，無如高帝，然至此而惑，亦無有以告之者。悲夫！

宋‧蘇轍

〈漢高帝〉　（據《蘇轍集》第三冊‧《欒城後集》卷七）

高帝之入秦，一戰於武關，兵不血刃，而至咸陽。此天也，非人也。

秦之亡也，諸侯並起，爭先入關。秦遣章邯出兵擊之。秦雖無道，而其兵方強。諸侯雖銳，而皆烏合之眾。其不敵秦，明矣。然諸侯皆起於羣盜，不習兵勢，陵藉郡縣，狃於亟勝，不知秦之未可攻也。於是章邯一出，而殺周章、破陳涉、降魏咎、斃田儋，兵鋒所至，如獵狐兔，皆不勞而定。後乃與項梁遇，苦戰再三，然後破之。梁雖死，而秦之銳鋒亦略盡矣。然邯以為楚地諸將不足復慮，乃渡河北擊趙。邯既北，而秦國內空。至是秦始可擊，而高帝乘之。此正兵法所謂避實而擊虛者。蓋天命，非人謀也。

項梁之死也，楚懷王遣宋義、項羽救趙。羽願與沛公西入關。懷王諸老將皆曰：「項羽為人慓悍禍賊，嘗攻襄城，襄城無噍類，所過無不殘滅。且楚數進取，前陳王、項梁皆敗，不如更遣長者扶義而西，告諭秦父兄。秦父兄苦其主久矣，誠得長者往，無侵暴，宜可下。」卒不許項羽，而遣沛公。沛公方入關，而項羽已至河北，與章邯相持。邯雖欲還兵救秦，勢不得矣。懷王之遣沛公固當，然非邯、羽相持於河北，沛公亦不能成功。故曰：此天命，非人謀也。

唐傳奇〈李娃傳〉賞析

　　唐‧白行簡據民間〈一枝花話〉重新改寫而成的〈李娃傳〉傳奇，是敘述長安名妓李娃與滎陽公子鄭生間的愛情糾葛，故事特意藉由圓滿結局，來反襯作者對於當時門第觀念及婚姻制度的不滿。唐傳奇中，士子和倡妓的戀情，是常被運用的題材，但〈李娃傳〉的描摹手法極具特色，遂得以傳誦弗衰。

　　〈李娃傳〉男女主角首次碰面的情景設計，就令人稱絕。在「室宇嚴邃」並「闔一扉」的神祕氣氛裏，鄭生於訪友途中，意外乍見了「妖姿要妙」，依傍婢女巧立回眸的李娃，不免想一親芳澤，是故「停驂」、「徘徊」，甚至使出了「詐墜鞭」的拖延手段，然而，最後「竟不敢措詞而去」。作者利用動作，點出李娃的柔媚丰姿，鄭生的癡情憨態。又以對比呼應的表情，說明二人出身迥異：鄭生欲看還羞的「累眄」，適證其為不曉世事之弱冠貴公子；李娃的深情「凝睇」，則表現出狹邪倡女久歷歡場後的大膽直率。

　　在二人首次碰面的前後文，白行簡運用了兩種不同筆法，將主角鄭生、李娃的背景鋪陳而出。小說首段，先採正筆，敘述鄭生是「時望甚崇」、「家徒甚殷」常州刺史之愛子，原本帶著父親視作「吾家千里駒」的深切期許，抱著「雋朗有詞藻」、「視上第如指掌」的強烈自信，挾著豐厚的盤纏、華盛的服玩車馬，打算進京赴考求取功名；誰知，他一見了

李娃，原有的雄心壯志，全被拋置腦後，只想著如何追求佳人。然後，撰者改採側筆，透過鄭生朋友──「遊長安之熟者」之口，說明教鄭生魂牽夢縈的美人，原是個周旋于貴戚豪族間的煙花女子，不過「李氏頗贍」、「所得甚廣」，「非累百萬，不能動其志」。

於是，作者讓鄭公子說出「苟患其（指李娃）不諧，雖百萬，何惜？」的豪語，把小說帶入另一場景。簡單地以「潔其衣服」四字，表現鄭生登臨求見的慎重態度，以「盛賓從」三字，來彰顯豪門公子的架勢。由應門侍兒見著鄭生，「不答」、「馳走」、「大呼」的反常行徑，點染出驚喜之感；再從侍兒「大呼」的內容──「前時遺策郎也」可知，傻楞楞詐墜馬鞭的那人，已在李娃心版上，鏤下深刻印象。

李娃聽後，「大悅曰：『爾（指侍女）姑止之，吾當整粧易服而出』」，使鄭生「聞之私喜」。一「潔其衣服」、一「整妝易服」，一「悅」、一「喜」，顯見作者善用對比手法，展現主人翁外在舉措中的內心世界。

鄭生登堂入室後，見「館宇甚麗」，「帷幙簾榻，煥然奪目」，「妝奩衾枕，亦皆侈麗」，且「烹茶斟酒，器用甚潔」，「張燭進饌，品味甚盛」，正環扣住「李氏頗贍」、「所得甚廣」的前文。當「明眸皓腕」、「舉步艷冶」的李娃，正式拜見鄭生時，使「生遽驚起，莫敢仰視」，也與二者初次見面之情境相互呼應。

在〈李娃傳〉悲喜故事裏，「垂白上僂」的李娃養母，是一關鍵人物。她面對鄭生假租屋為名，圖見李娃時，並不揭穿說破，反順勢講了些場面話；待鄭生謊稱遠居城外，遙不

及歸，冀得留宿之際，也要等李娃出語求情，才故意勉強答應；在生、娃自「敘寒燠」，進而「詼諧調笑，無所不至」間，適時之「起」、之「至」；凡此種種，皆不著痕跡刻劃出，老姥實乃世故圓滑、工於心計之人。

〈李娃傳〉的情節結構，可概分為三。由二人首度相逢，至鄭生搬進李宅「屏跡戢身，不復與親知相聞」，日日「狎戲遊宴」止，是為第一部分。從鄭生紙醉金迷年餘，「資財僕馬蕩然」，到落入圈套被捨逐，以至淪為賣唱行乞之人，則屬第二部分。餘歸第三。

在藉赴竹林神祠祭拜求嗣以擺脫鄭生的陰謀中，雖說「互設詭計」，然依「娃情彌篤」、「姥意漸怠」二句推知，前者純悉被動，後者方為主謀。白氏運用「質衣於肆，以備牢醴」、「策驢而後」兩個細節，鮮明地勾勒出今日鄭生的困躓潦倒，並與昔日之闊綽瀟灑，遙相對應，加上「生不知其計」，令讀者讀來，不禁萌生同情之心，更添緊張懸宕之趣。

詭計進行間，隨行青衣並不是個無關宏旨的龍套，實是銜姥之命，負責監督李娃之人，因其至所謂阿姨宅第車門前時，即「自車後止之曰：『至矣！』」；後又與姨「偶語」，強使鄭生留下，不得偕李娃返家探姥之「暴疾」。李娃在整個過程中，曾經兩笑──一與姨「相視而笑」，一在鄭生見偏院為「戟門」，其內又有「山亭」、「竹樹」、「池榭」，有些懷疑阿姨私第怎會有如此排場時，「笑而不答」──這兩「笑」，按前段推論可知，當深寓著無奈和心酸。唐傳奇較重故事情節鋪排，稍缺人物內心刻劃，但我們仍能從字裏行間，覓得蛛絲馬跡，從而發揮欣賞文學作品的想像力。

確知自己被心愛之人狠狠地擺了一道，人財兩失，鄭生不由得「恚怒方甚，自昏達旦，目不交睫」，「惶惑發狂，罔知所措」，終因「怨懣」、「絕食」，至「遘疾甚篤」；原先哀憐收容他的「邸主」，亦「懼其不起」，而將鄭生移至「凶肆之中」，幸好「合肆之人共傷歎而互飼之」，使其「稍愈」、「漸復壯」。旅舍主人的慈悲，殯儀館中諸人的憐憫，與老鴇之勢利現實判若霄壤。

鄭生迫於餬口，先在「凶肆日」「執繐帷」，後將聰敏之資，感慨之情，盡置於學唱哀歌上，果然，「無何，曲盡其妙，雖長安無有倫比」，在東西兩家凶肆較量中，成了東肆的秘密武器。那是一場「士女大和會，聚至數萬」，「巷無居人」的盛會，從「歷舉輦轝威儀之具」，到壓軸兒的輓歌大賽，白行簡又以反襯對比手法狀人敘事。雖說「各閱所傭之器」「西肆皆不勝」，卻仍寄望哀挽一項能扳回顏面，「恃其夙勝」的西肆代表，「有長髯者擁鐸而進」，「翊衛數人」，「奮髯揚眉」，「扼腕頓顙而登」南隅層榻，繼而「顧眄左右，旁若無人」「歌白馬之詞」，不僅獲得「齊聲讚揚」，並且氣勢懾眾。相對地，東肆代表「烏巾少年」，「左右五六人，秉翣而至」，但其登上北隅連榻後，整衣申喉，動作徐緩，「容若不勝」，顯見鄭生在氣勢上已遜一籌，似乎無法承擔乘勝追擊得到全面勝利之重任；不過，當其「歌薤露之章」，「舉聲清越，響振林木」，「曲度未終」已使「聞者歔欷掩泣」。此賽之勝負，昭然若揭。

為了「入計」來到京師的鄭父，適巧也攜老僕與同事微服往觀盛會。老僕熟悉鄭生的「舉措辭氣」，起初「將認之而未敢」，卻不肯死心，遂使父子得以相見。原先認為愛兒「以

多財為盜所害」的鄭父，拘泥於高門豪第的面子家風，說出「志行若此，污辱吾門；何施面目，復相見也？」的痛心之語，更做出親手以馬鞭鞭死己子，棄之而去的絕情之舉。本來是椿父子重逢的喜事，不料演變成人倫慘劇；作者運用一百八十度的情節轉變，把小說的衝突性，帶至最高潮。鄭生的頹唐淪落，由馬鞭始；「置之死地而後生」的重生契機，亦藉此物起。

鄭生蒙凶肆之師傅同黨搭救，從鬼門關掙扎而回，不意遭榮陽公「楚撻之處皆潰爛，穢甚」，耗盡了眾人的同情憐恤，終被「棄於道周」，陷於襤褸持甌，「以乞食為事」的窘境。一日「生為凍餒所驅」，「冒雪而出」，行乞巧至「獨啟左扉」之娃宅，他「連聲疾呼，飢凍之甚」，令人不忍卒聽的悽切音調，使李娃辨音循聲連步而出，鄭生見之「憤懣絕倒，口不能言，頷頤而已」，娃則不顧髒臭「前抱其頸」，以繡襦擁歸，並「失聲長慟」。此處，白行簡設計了與二人首次碰面，及鄭生登門求見時類似之情景，旨在同中之異上，突顯作品的映照呼應感。

面對聞風奔至的老姥，李娃化深情、悔愧為勇氣，不再聽任擺佈，反據人情、天理、權勢、金錢等方面，說服了老姥，得以自贖。「枯瘠疥厲，殆非人狀」的鄭生，在李娃悉心調理打點年餘後，終於「平愈如初」，體康且志復壯。接著，娃「令生斥棄百慮以志學」，鄭生「俾夜作晝，孜孜矻矻」，李娃也偶坐伴讀，勉其「礱淬利器」，勤苦精進，歷三年至功成名就，獲「授成都府參軍」。

李娃當然了解名門公子「當結媛鼎族」的無奈現實，則

於完成補贖行為不覺相負後,「顧以殘年,歸養老姥」。鄭生「自到以就死」的摯情挽留,也僅換得月餘的拖延——畢竟李娃只答應送到劍門。斯時鄭父「由常州詔入,拜成都尹,兼劍南採訪使」,得與鄭生會於驛館。鄭父一句「吾與爾父子如初」,帶出「命媒氏通二姓之好」,「遂如秦晉之偶」的完美收場。白氏更以倚廬靈芝,巢甍白鸞等祥瑞徵兆,來烘托李娃「婦道甚修,治家嚴整」,她助夫「累遷清顯之任」,使四子「皆為大官」,「內外隆盛,莫之與京」。作者終讓鄭父突破了門閥觀念的束縛,使小說跌宕起伏出人意表,充溢著柳暗花明之文學張力;然又安排李娃四子「姻媾皆甲門」,暗陳傳統窠臼,實難踰越,人們每每不自覺即墜身其間。最後,白行簡直言「倡蕩之姬,節行如是,雖古先烈女,不能踰也」,彰明文屬傳奇,但別有所指。

　　總之:〈李娃傳〉情節結構雖為單線式,然善用對比呼應手法,使整篇傳奇小說環環相扣,周密曲折,引人入勝。遣詞用字準確精鍊,使白描筆法具畫龍點睛之效,短短數語,即可將情境鮮明呈現,躍然紙端;輕輕幾筆,就能使人物形象深刻生動,宛在目前。無怪乎,今日讀來,〈李娃傳〉依舊魅力無限。

本篇發表於:

《中國國學》第十九期　80.11　頁 139-142

唐·白行簡

〈李娃傳〉　　（據黃晟校刊本《太平廣記》卷四百八十四·雜傳記一）

　　汧國夫人李娃，長安之倡女也。節行瓌奇，有足稱者，故監察御史白行簡為傳述。

　　天寶中，有常州刺史滎陽公者，署其名氏不書。時望甚崇，家徒甚殷。知命之年，有一子，始弱冠矣；儁朗有詞藻，迥然不羣，深為時輩推伏。其父愛而器之，曰：「此吾家千里駒也。」應鄉賦秀才舉，將行，乃盛其服玩車馬之飾，計其京師薪儲之費，謂之曰：「吾觀爾之才，當一戰而霸。今備二載之用，且豐爾之給，將為其志也。」生亦自負，視上第如指掌。自毗陵發，月餘抵長安，居于布政里。嘗遊東市還，自平康東門入，將訪友于西南。至鳴珂曲，見一宅，門庭不甚廣，而室宇嚴邃，闔一扉，有娃方凭一雙鬟青衣立，妖姿要妙，絕代未有。生忽見之，不覺停驂久之，徘徊不能去；乃詐墜鞭于地，候其從者勒取之。累眄于娃，娃回眸凝睇，情甚相慕，竟不敢措辭而去。

　　自爾意若有失，乃密微其友遊長安之熟者，以訊之。友曰：「此俠（狹）邪女李氏宅也。」曰：「娃可求乎？」對曰：「李氏頗贍（贍），前與通之者，多貴戚豪族，所得甚廣。非累百萬，不能動其志也。」生曰：「苟患其不諧，雖百萬，何惜！」

　　他日，乃潔其衣服，盛賓從，而往扣其門。俄有侍兒啟扃。生曰：「此誰之第耶？」侍兒不答，馳走大呼曰：「前時

遺策郎也。」娃大悅曰：「爾姑止之，吾當整粧易服而出。」
生聞之，私喜。乃引至蕭牆間，見一姥垂白上僂，即娃母也。
生跪拜前致詞曰：「聞茲地有隙院，願稅以居，信乎？」姥曰：
「懼其淺陋湫隘，不足以辱長者所處，安敢言直耶？」延生
于遲賓之館，館宇甚麗。與生偶坐，因曰：「某有女嬌小，技
藝薄劣，欣見賓客，願將見之。」乃命娃出，明眸皓腕，舉
步豔冶。生遽驚起，不敢仰視。與之拜畢，敘寒燠，觸類妍
媚，目所未睹。復坐，烹茶斟酒，器用甚潔。

久之，日暮，鼓聲四動。姥訪其居遠近，生紿之曰：「在
延平門外數里。」冀其遠而見留也。姥曰：「鼓已發矣，當速
歸，無犯禁。」生曰：「幸接歡笑，不知日之云夕。道里遼闊，
城內又無親戚，將若之何？」娃曰：「不見責僻陋，方將居之，
宿何害焉。」生數目姥，姥曰：「唯唯。」生乃召其家僮，持
雙縑，請以備一宵之饌。娃笑而止之曰：「賓主之儀，且不然
也。今夕之費，願以貧窶之家，隨其粗糲以進之。其餘以俟
他辰。」固辭，終不許。

俄徙至西堂，帷幙簾榻，煥然奪目；粧奩衾枕，亦皆侈
麗。乃張燭進饌，品味甚盛。徹饌，姥起。生娃談話方切，
詼諧調笑，無所不至。生曰：「前偶過卿門，遇卿適在屏間。
厥後心常勤念，雖寢與食，未嘗或捨。」娃答曰：「我心亦如
之。」生曰：「今之來，非直求居而已，願償平生之志，但未
知命也若何？」言未終，姥至，詢其故，具以告。姥笑曰：「男
女之際，大欲存焉。情苟相得，雖父母之命，不能制也。女
子固陋，曷足以荐君子之枕蓆？」生遂下階，拜而謝之曰：「願
以己為廝養。」姥遂目之為郎，飲酣而散。及旦，盡徙其囊

橐，因家于李之第。自是生屏跡戢身，不復與親知相聞。日會倡優儕類，狎戲游宴。囊中盡空，乃鬻駿乘及其家僮。歲餘，資財僕馬蕩然。邇來，姥意漸怠，娃情彌篤。

他日，娃謂生曰：「與郎相知一年，尚無孕嗣。常聞竹林神者，報應如響，將致薦酹求之，可乎？」生不知其計，大喜。乃質衣于肆，以備牢醴，與娃同謁祠宇而禱祝焉，信宿而返。策驢而後，至里北門，娃謂生曰：「此東轉小曲中，某之姨宅也，將憩而覲之，可乎？」生如其言，前行不踰百步，果見一車門。窺其際，甚弘敞。其青衣自車後止之曰：「至矣。」生下，適有一人出訪曰：「誰？」曰：「李娃也。」乃入告。俄有一嫗至，年可四十餘，與生相迎曰：「吾甥來否？」娃下車，嫗迎訪之曰：「何久疎絕？」相視而笑。娃引生拜之，既見，遂偕入西戟門偏院，中有山亭，竹樹蔥蒨，池榭幽絕。生謂娃曰：「此姨之私第耶？」笑而不答，以他語對。俄獻茶果，甚珍奇。食頃，有一人控大宛，汗流馳至，曰：「姥遇暴疾頗甚，殆不識人，宜速歸。」娃謂姨曰：「方寸亂矣，某騎而前去，當令返乘，便與郎偕來。」生擬隨之，其姨與侍兒偶語，以手揮之，令生止于戶外，曰：「姥且歿矣，當與某議喪事，以濟其急，奈何遽相隨而去？」乃止，共計其凶儀齋祭之用。日晚，乘不至。姨言曰：「無復命，何也？郎驟往覘之，某當繼至。」生遂往，至舊宅，門扃鑰甚密，以泥緘之。生大駭，詰其鄰人。鄰人曰：「李本稅此而居，約已周矣。第主自收，姥徙居，而且再宿矣。」徵：「徙何處？」曰：「不詳其所。」生將馳赴宣陽，以詰其姨，日已晚矣，計程不能達。乃弛其裝服，質饌而食，賃榻而寢。生忥怒方甚，自昏

達旦，目不交睫。質明，乃策蹇而去。既至，連扣其扉，食頃無人應。生大呼數四，有宦者徐出。生遽訪之：「姨氏在乎？」曰：「無之。」生曰：「昨暮在此，何故匿之？」訪其誰氏之第，曰：「此崔尚書宅。昨者有一人稅此院，云邅中表之遠至者，未暮去矣。」

生惶惑發狂，罔知所措，因返訪布政舊邸。邸主哀而進膳。生怨懣，絕食三日，遘疾甚篤，旬餘愈甚，邸主懼其不起，徙之于凶肆之中。綿綴移時，合肆之人共傷嘆而互飼之。後稍愈，杖而能起。由是凶肆日假之，令執繐帷，獲其直以自給。累月，漸復壯，每聽其哀歌，自嘆不及逝者，輒嗚咽流涕，不能自止。歸則效之，生聰敏者也，無何，曲盡其妙，雖長安無有倫比。

初，二肆之備凶器者，互爭勝負。其東肆車轝皆奇麗，殆不敵，唯哀挽劣焉。其東肆長知生妙絕，乃醵錢二萬索顧焉。其黨耆舊，共較其所能者，陰教生新聲，而相讚和。累旬，人莫知之。其二肆長相謂曰：「我欲各閱所備之器于天門街，以較優劣。不勝者，罰直五萬，以備酒饌之用，可乎？」二肆許諾，乃邀立符契，署以保證，然後閱之。士女大和會，聚至數萬。於是里胥告于賊曹，賊曹聞于京尹，四方之士，盡赴趨焉，巷無居人。

自旦閱之，及亭午，歷舉輦轝威儀之具，西肆皆不勝，師有慙色。乃置層榻于南隅，有長髯者，擁鐸而進，翊衛數人，於是奮髯揚眉，扼腕頓顙而登，乃歌白馬之詞，恃其夙勝，顧眄左右，旁若無人。齊聲讚揚之，自以為獨步一時，不可得而屈也。有頃，東肆長于北隅上設連榻，有烏巾少年，

左右五六人，秉翣而至，即生也。整衣服，俯仰甚徐，申喉發調，容若不勝，乃歌薤露之章，舉聲清越，響振林木。曲度未終，聞者歔欷掩泣。西肆長為眾所誚，益慙恥，密置所輸之直于前，乃潛遁焉。四座愕眙，莫之測也。

先是，天子方下詔，俾外方之牧，歲一至闕下，謂之入計。時也適遇生之父在京師，與同列者易服章竊往觀焉。有老豎，即生乳母壻也，見生之舉措辭氣，將認之而未敢，乃泫然流涕。生父驚而詰之，因告曰：「歌者之貌，酷似郎之亡子。」父曰：「吾子以多財為盜所害，奚至是耶？」言訖，亦泣。及歸，豎間馳往，訪于同黨曰：「向歌者誰，若斯之妙歟？」皆曰：「某氏之子。」徵其名，且易之矣。豎凜然大驚，徐往，迫而察之；生見豎色動，回翔將匿于眾中。豎遂持其袂曰：「豈非某乎？」相持而泣，遂載以歸。至其室，父責曰：「志行若此，污辱吾門，何施面目，復相見也？」乃徒行出，至曲江西杏園東，去其衣服，以馬鞭鞭之數百，生不勝其苦而斃，父棄之而去。

其師命相狎暱者陰隨之，歸告同黨，共加傷嘆。令二人齎葦席瘞焉。至，則心下微溫，舉之良久，氣稍通；因共荷而歸，以葦筒灌勺飲，經宿乃活。月餘，手足不能自舉，其楚撻之處皆潰爛，穢甚。同輩患之，一夕，棄于道周。行路咸傷之，往往投其餘食，得以充腸。十旬，方杖策而起。被布裘，裘有百結，襤縷（褸襤）如懸鶉。持一破甌，巡于閭里，以乞食為事。自秋徂冬，夜入于糞壤窟室，畫則周游廛肆。

一旦大雪，生為凍餒所驅，冒雪而出，乞食之聲甚苦，

聞見者莫不淒惻。時雪方甚，人家外戶多不發。至安邑東門，循理垣北轉第七八，有一門獨啟左扉，即娃之第也。生不知之，遂連聲疾呼，飢凍之甚，音響淒切，所不忍聽。娃自閣中聞之，謂侍兒曰：「此必生也，我辨其音矣。」連步而出，見生枯瘠疥厲，殆非人狀。娃意感焉，乃謂曰：「豈非某郎也？」生憤懣絕倒，口不能言，頷頤而已。娃前抱其頸，以繡襦擁而歸于西廂，失聲長慟曰：「令子一朝及此，我之罪也。」絕而復蘇。姥大駭奔至，曰：「何也？」娃曰：「某郎。」姥遽曰：「當逐之，奈何令至此。」娃斂容却睇曰：「不然，此良家子也。當昔驅高車，持金裝，至某之室，不踰期而蕩盡。且互設詭計，捨而逐之，殆非人。令其失志，不得齒于人倫；父子之道，天性也，使其情絕，殺而棄之，又困躓若此。天下之人，盡知為某也。生親戚滿朝，一旦當權者熟察其本末，禍將及矣。況欺天負人，鬼神不祐，無自貽其殃也。某為姥子，迨今有二十歲矣，計其貲，不啻直千金。今姥年六十餘，願計二十年衣食之用以贖身，當與此子別卜所詣。所詣非遠，晨昏得以溫凊，某願足矣。」姥度其志不可奪，因許之。給姥之餘，有百金。北隅因五家，稅一隙院。乃與生沐浴，易其衣服，為湯粥通其腸，次以酥乳潤其臟。旬餘，方薦水陸之饌。頭巾履襪，皆取珍異者衣之。未數月，肌膚稍腴；卒歲，平愈如初。

異時，娃謂生曰：「體已康矣，志已壯矣。淵思寂慮，默想囊昔之藝業，可溫習乎？」生思之曰：「十得二三耳。」娃命車出遊，生騎而從。至旗亭南偏門鬻墳典之肆，令生揀而市之，計費百金，盡載以歸。因令生斥棄百慮以志學，俾夜

作畫，孜孜矻矻。娃常偶坐，宵分乃寐。伺其疲倦，即諭之綴詩賦。二歲而業大就，海內文籍，莫不該覽。生謂娃曰：「可策名試藝矣。」娃曰：「未也。且令精熟，以俟百戰。」更一年，曰：「可行矣。」於是遂一上登甲科，聲振禮闈。雖前輩見其文，罔不斂衽敬羨，願友之而不可得。娃曰：「未也。今秀士苟獲擢一科第，則自謂可以取中朝之顯職，擅天下之美名。子行穢跡鄙，不侔于他士。當礱淬利器，以求再捷，方可以連衡多士，爭覊（霸）群英。」生由是益自勤苦，聲價彌甚。其年，遇大比，詔徵四方之儁。生應直言極諫科，策名第一，授成都府參軍。三事以降，皆其友也。

將之官，娃謂生曰：「今之復子本軀，某不相負也。願以殘年，歸養老姥。君當結媛鼎族，以奉蒸嘗。中外婚媾，無自黷也。勉思自愛，某從此去矣。」生泣曰：「子若棄我，當自剄以就死。」娃固辭不從，生勤請彌懇。娃曰：「送子涉江，至于劍門，當令我回。」生許諾。

月餘，至劍門。未及發而除書至，生父由常州詔入，拜成都尹，兼劍南採訪使。浹辰，父到。生因投刺，謁于郵亭。父不敢認，見其祖父官諱，方大驚，命登階，撫背慟哭移時，曰：「吾與爾父子如初。」因詰其由，具陳其本末。大奇之，詰娃安在。曰：「送某至此，當令復還。」父曰：「不可。」翌日，命駕與生先之成都，留娃于劍門，築別館以處之。明日，命媒氏通二姓之好，備六禮以迎之，遂如秦晉之偶。

娃既備禮，歲時伏臘，婦道甚修，治家嚴整，極為親所眷。向後數歲，生父母偕歿，持孝甚至。有靈芝產于倚廬，一穗三秀，本道上聞。又有白鷰數十，巢其層甍。天子異之，

寵錫加等。終制，累遷清顯之任。十年間，至數郡。娃封汧
國夫人，有四子，皆為大官，其卑者猶為太原尹。弟兄姻媾
皆甲門，內外隆盛，莫之與京。

嗟乎，倡蕩之姬，節行如是，雖古先烈女，不能踰也。
焉得不為之歎息哉！予伯祖嘗牧晉州，轉戶部，為水陸運使，
三任皆與生為代，故暗詳其事。貞元中，予與隴西公佐話婦
人操烈之品格，因遂述汧國之事。公佐拊掌竦聽，命予為傳；
乃握管濡翰，疏而存之。時乙亥歲秋八月，太原白行簡云。

出《異聞集》

唐傳奇〈任氏〉探析

一‧前言

中國古典小說在神話、傳說、寓言中，得到滋萌的養分，並吸收了史傳散文的精髓，歷經魏晉南北朝殘叢小語式的「志人」與「志怪」作品後，至唐，終臻成熟之境。

唐傳奇不但突破粗陳梗概的結構形態，更在作者有意識的創作中，展現小說多方面的風華；然眾人目光，常被情愛或豪俠類的篇章抓住，卻錯失了神怪方面的魅力，而〈任氏〉一文，正是唐代神怪傳奇之代表。

二‧作品出處與作者簡介

〈任氏〉出自北宋‧李昉等人所編之《太平廣記》卷四百五十二‧〈狐〉六，該書自四四七至四五五卷，皆收與狐有關之故事，共八十三則，八成以上時屬唐代，其中以〈任氏〉篇幅最長，最具代表性。

〈任氏〉末云：「建中二年（唐德宗年號，西元 780 年），既濟自左拾遺……適（「謫」之借字）居東南。自秦徂吳……浮穎涉淮，方舟沿流，晝讌夜話，各徵其異說，眾君子聞任氏之事，共深歎駭，因請既濟傳之以志異云。沈既濟撰。」沈既濟生平仕履難詳，據《元和姓纂》卷七記載：「婺州（今浙江‧金華）武義主簿朝宗生既濟，既濟，進士，翰林學士。」

其子傳師，歷仕穆、敬、文三朝，堪稱顯宦，《舊唐書》卷一四九‧〈沈傳師傳〉云：

> 既濟博通群籍，史筆尤工，吏部侍郎楊炎見而稱之。建中初，炎為宰相，荐既濟才堪史任，召拜左拾遺、史館修撰（編撰《建中實錄》十卷）。……既而楊炎遣逐，既濟坐貶處州（今浙江‧麗水）司戶。後復入朝，位終禮部員外郎。

唐‧李肇《國史補》卷下亦云：「沈既濟撰枕中記，莊生寓言之類，韓愈撰毛穎傳，其文尤高，不下史遷。二篇真良史才也。」可知沈既濟特擅史筆，因〈枕中記〉享有文名。

黃粱一夢的〈枕中記〉，取材於《幽明錄》楊林故事[1]（見於《太平廣記》卷二八三），全文平鋪直敘寫盡「人生之適」，點明寵辱、窮達、得喪、死生，一如夢寐。除了哲思深度外，〈枕中記〉實比不上稍晚完成之〈任氏〉，後者更能展現沈既濟在小說創作上的成就。

三、〈任氏〉賞析

全文採史傳筆法，以「任氏，女妖也」五字發端，開門見山指明主人翁身分，並藉「妖」字，製造出強烈的懸想效果，使人禁不住欲一探究竟。繼而介紹關鍵男配角韋刺史——「名

1　「楊林故事」從鳩摩羅什譯《大莊嚴論經》卷十二之佛典故事化出，可參看王曉平著《佛典‧志怪‧物語》（南昌市：江西人民出版社，1990 年 12 月 1 版 2 刷），頁 64-65。

崟，第九，信安王（李）禕[2]之外孫。少落拓，好飲酒」，沈既濟用最經濟的筆墨，交待其人姓名、行第、家世、性格與愛好，更預設了情節高潮的伏筆。再由韋崟，帶出男主角——「從父妹壻曰鄭六，不記其名，早習武藝，亦好酒色。」以一「亦」字，補足前面介紹韋崟喜好時的略筆，並說明基於同樣嗜酒貪色，遂使「貧無家，託身於妻族」的鄭六，能夠「與崟相得，遊處不間」。酒、色二物，實乃〈任氏〉一文，情節興發及轉折的樞紐。

「天寶九年夏六月」某日，韋、鄭「將會飲於新昌里」，鄭因「有故」半途欲他往，言明隨後「繼至飲所」。二人分道揚鑣，「崟乘白馬而東，鄭子乘驢而南」，跨馬騎驢之殊，突顯了貧富高下。當鄭六「入昇平之北門，偶值三婦人行於道中，中有白衣者，容色姝麗」，雖「驚悅」，但迫於己身條件，僅僅「策其驢，忽先之，忽後之，將挑而未敢」；不意「白衣時時盼睞，意有所受」，受到美女頻遞秋波的鼓舞，終於將試探行動，轉為言詞挑逗——「鄭子戲之曰：『美艷若此而徒行，何也？』白衣笑曰：『有乘不解相假，不徒行何為？』鄭子曰：『劣乘不足以代佳人之步，今輒以相奉，某得步從，足矣。』」以紅粉姝麗怎能徒步而行的調笑問話，激出有人有驢也不知相借，不走路怎麼辦的反問語；寒酸的鄭六，誠心表明讓佳麗乘驢不免委曲，如今對方不嫌棄，願意奉送蹇驢，並俏皮地說，如果能步行追隨，於願足矣。——末了雙方「相視大笑」，

---

[2] 禕，王夢鷗《唐人小說校釋》（上冊・頁41・行1）作「禕」，《太平廣記》卷四五二・〈狐六〉・〈任氏〉作「禕」。

加上「同行者更相眩誘」,「稍已犴曬」的結果,誠屬必然。

　　鄭六完全忘卻己事和酒約,隨行至樂遊園上,昏黑中見一宅「土垣車門,室宇甚嚴」,白衣將入,囑咐鄭六稍稍留步,在等待的「少頃」間,透過與從者女奴的問答,知道了彼此姓第;至此,作者方巧妙地將白衣佳人與女妖任氏作一結合,使讀者在香澤旖旎的綺想外,益增詭異懸思。但,任氏姊熱情承迎,「列燭置膳,舉酒數觴」,「任氏更粧而出,酣飲極歡。夜久而寢,其妍姿美質,歌笑態度,舉措皆豔,殆非人世所有」。天將曉,任氏以藉口催鄭六速去,鄭「乃約後期而去」。不見妖跡魅影,只有極度歡愉後的難以置信。由於時間尚早,昇平里門還未開啟,鄭六就在里門旁胡人鬻餅店簾下小憩,攀談打聽任氏宅中情形,對主人「此隤墉棄地,無第宅也」的回答,鄭六當然無法接受,「與之固爭」,「主人適悟,乃曰:『吁!我知之矣。此中有一狐,多誘男子偶宿,嘗三見矣,今子亦遇乎?』」主人頓悟後的一番解說,字字重擊著鄭六,飛來的艷福,只不過是野狐的隨興「點心」。天明之後,回到原地,垣門之內,果真「皆蓁荒及廢圃耳」,羞赧的鄭六,無法對餅店老板及友人韋崟坦訴實情,不過「想其艷冶,願復一見之心,嘗存之不忘」,美色的溫存誘引,早已壓過對淫狐妖魅的嫌懼。隨著情節的變化推展、男主角的情緒起伏,文氣也張弛有度,扣牢讀者心絃。

　　「經十許日,鄭子遊,入西市衣肆,瞥然見之,曩女奴從。」鄭六由「遽呼」至「連呼前迫」,任氏卻先「側身周旋於稠人中以避焉」,再「背立,以扇障其後」,然而鄭六熾熱的情態、懇切的誓言,粉碎了任氏的自慚形穢,「乃迴眸去扇,

光彩艷麗如初」，直陳：「人間如某之比者非一，公自不識耳，無獨怪也」，坦言：「凡某之流，為人惡忌者非他，為其傷人耳。某則不然，若公未見惡，願終已以奉巾櫛」。當共謀棲止之所時，任氏早有腹案——「從此而東，大樹出於棟間者，門巷幽靜，可稅以居。前時自宣平之南，乘白馬而東者，非君妻之昆弟乎？其家多什器，可以假用。」可見前次之「偶值」，此次之「瞥然見之」，完全在任氏設計之中；彼時之所以棄富家子韋崟不顧，挑上鄭六，或許是基於靈狐本能，看穿其多情善良，加上此番考驗，更證明鄭六毫不鄙惡任氏為狐女。

　　就是因為鄭向韋借日常用具，以供「新獲一麗人」居家之需，使小說進入最高潮。「崟笑曰：『觀子之貌，必獲詭陋，何麗之絕也？』」雖然是酒肉至交，不過，韋崟對寄身妻族人窮氣短的鄭六，不避鄙薄，實難相信他能擁有什麼絕麗殊色，但受好奇、好色心趨使，於是派遣「家僮之慧黠者」，「且夙從逸遊，多識美麗」，藉送帷帳榻席之便，代為窺探。一會兒，僮僕「氣吁汗洽」地覆命曰：「奇怪也！天下未嘗見之矣！」韋崟歷舉五六佳麗為比，「皆曰：『非其倫。』」最後韋以表妹「穠艷如神仙」之吳王六女為比，「又曰：『非其倫也！』」在聰明機伶、見多識廣的僮僕訝嘆聲中，再以正襯手法，將任氏美貌推向最大的想像空間，遠較細部描摹形容，更為成功討巧。作者也對韋聽後的反應，作了傳神的勾勒——「崟撫手大駭曰：『天下豈有斯人乎？』遽命汲水澡頸、巾首膏脣而往」，火速行動、刻意修飾的背後，已包含了準備獵艷的居心。

　　興沖沖趕至，「鄭子適出」，韋崟入門後，只有掃地小僮、門旁女僕而已，「他無所見」。山雨欲來風滿樓的氣氛，逐漸

濃烈，「徵於小僮，小僮笑曰：『無之。』」一笑劃破表面的寧
靜，「崟周視室內，見紅裳出於戶下」，終於發現藏身門扇後
的任氏，「就明而觀之，殆過於所傳矣，崟愛之發狂，乃擁而
淩之」。故事的節奏，逐步加速，顯現出沈既濟寫人、敘事的
功力──「不服，崟以力制之，方急，則曰：『服矣！請少迴
旋』。既從，則捍禦如初。如是者數四。崟乃悉力急持之，任
氏力竭，汗若濡雨，自度不免，乃縱體不復拒抗，而神色慘
變。」為冶蕩的任氏，增添剛烈不屈的個性、力圖脫困的機
變，由外貌深及內心，飽滿主人翁形象，使之栩栩如真；運
用「不服」、「方急」、「既從」三組兩字短詞，把韋、任互動
景況，鮮活呈現。繼而以兩人對話，逆轉了整個文勢與發展─
─「崟問曰：『何色之不悅？』任氏長嘆息曰：『鄭六之可哀也！』
崟曰：『何謂？』對曰：『鄭生有六尺之軀，而不能庇一婦人，
豈丈夫哉！且公少豪侈，多獲佳麗，遇某之比者眾矣；而鄭
生窮賤耳，所稱愜者，惟某而已。忍以有餘之心，而奪人之
不足乎？哀其窮餒，不能自立，衣公之衣，食公之食，故為
公所繫耳。若糠糗可給，不當至是。』」精疲力竭，自忖已經
無法掙脫紈袴登徒子的「侵犯」，任氏本諸對世事人性的了
解，針對窮餒的鄭六，一切仰仗他人的窘況，慨擄傷嘆，遂
使「豪俊有義烈」的韋崟，聞言收手謝罪。看似出人意料的
舉措，正呼應了開首之「落拓」，讓韋崟不拘小節卻豪放講義
氣的性格特徵具體展露，也側面描寫其出身世家、貴為刺史，
畢竟非市井無賴之流。

　　此後，蒙受韋崟「愛之重之」、「一食一飲，未嘗忘焉」的
任氏，因「不能負鄭生」，無法採取女子慣用之報答方式──

「以身相許」，只得另闢蹊徑，為其羅致垂涎不可得之姝麗，如「肌膚清潔」「鬻衣之婦」張十五娘，或「幽絕之難謀者」，如刁緬將軍「嬌姿艷絕」「善吹笙」「年二八」之寵奴。身分差異，攸關得手難易，作者分以詳略筆法表現。前者僅「旬餘果致之，數月厭罷」，輕鬆帶過。後者則不吝筆墨，先描述任氏「出入刁家月餘」，「得雙縑以為賂」，「後二日，任氏與崟方食，而緬使蒼頭控青驪以迓任氏。任氏聞召，笑謂崟曰：『諧矣。』」再採追述方式，回頭寫任氏施法讓寵奴生重病，又密賂巫者，使言「不利在家，宜出居東南某所，以取生氣」，當然，巫言之居所正是任氏之賃宅。續接返「緬遂請居，任氏謬辭以偪狹，勤請而後許」，「至則疾愈，未數日，任氏密引崟以通之，經月乃孕。其母懼，遽歸以就緬，由是遂絕。」無論是輕而易舉、抑是大費周章，不管耍了什麼伎倆、用了何種手段，狐女感恩圖報之心可鑑。

　　對鄭六言，經濟拮据是最大的苦惱，任氏乃憑己異稟，為其謀利：使之借來六千錢，購得一匹股上有疵之馬，遭受妻舅嗤笑。無何，任氏告知馬可賣，「當獲三萬」，市集上有人出價二萬，鄭六信賴任氏，不聽市集眾人勸說，絕不肯賣，對方隨其歸家，喊價二萬五千，鄭六堅持「非三萬不鬻」，但受不了「其妻昆弟聚而誚之」，不得已，才以近三萬元成交。事後打探得知，即將除籍之廄吏，亟需一匹替代已死三年身價六萬之「御馬疵股者」，如能花半價購得，「所獲尚多」，況且「若有馬以備數，則三年芻粟之估，皆吏得之」。作者運用先抑後揚的情節安排，彰顯出任氏的逆料能力，並替最後的悲劇收場，預作張本。

　　任氏由於「衣服故弊（敝）」，欲「買衣之成者，而不自紉縫」，韋崟請商人張大代為採購，張一見任氏，「驚謂崟曰：『此必天人貴戚，為郎所竊，且非人間所宜有者，願速歸之，無及於禍。』」此段讚歎，固然似文中所云「其容色之動人也如此」，更是暗寓狐、人有別，禍機將啟。

　　「後歲餘，鄭子武調，授槐里府（周名「犬丘」，今陝西‧興平東南）果毅尉」，與鄭六「早習武藝」的背景，相當吻合。「時鄭子方有妻室，雖晝遊於外，而夜寢於內，多恨不得轉（專）其夕。將之官，邀與任氏俱去。」若非傳抄脫誤，沈既濟寫鄭六「方有」妻室，與前文「託身妻族」云云，顯見牴牾，應改作「更娶」較妥。鄭六「懇請」，加上韋崟「更勸勉」，任氏勉強以「有巫者言，某是歲不利西行，故不欲耳」為辭，堅不欲同往赴任，「鄭子甚惑也，不思其他，與崟大笑曰：『明智若此，而為妖惑，何哉？』固請之。任氏曰：『儻巫者言可徵，徒為公死何益！』二子曰：『豈有斯理乎？』懇請如初，任氏不得已遂行。」抵不住鄭六慾令智昏的苦苦糾纏，韋崟不明究理的推波助瀾，任氏只得無奈走上已知之死路。

　　韋崟資助鄭六，又借馬給任氏，還替他們餞行。「信宿至馬嵬，任氏乘馬居其前，鄭子乘驢居其後，女奴別乘又在其後。是時，西門圉人教獵狗於洛川，已旬日矣；適值於道，蒼犬騰出於草間，鄭子見任氏欻（同「忽」）然墮於地，復本形而南馳，蒼犬逐之，鄭子隨走叫呼，不能止。里餘，為犬所獲。鄭子銜涕，出囊中錢贖以瘞之，削木為記。迴睹其馬，囓草於路隅，衣服悉委於鞍上，履襪猶懸於鐙間，若蟬蛻然；

惟首飾墜地，餘無所見，女奴亦逝矣。」仍舊是用簡練詞語，精確描摹幾個關鍵畫面，一邊是馬、驢、車，一邊是圍人訓練獵狗，二線偶然卻也必然的交會，則使任氏因天敵而現出原形，鄭六喝阻無效，女狐終於命喪蒼犬之口，場景快速更迭，交待了任氏為鄭六而死的經過；然後細述鄭六含悲贖回狐屍埋葬並作標記，任氏原本騎乘之馬，悠閒在路旁吃草，鞍上鐙間地面猶留有其衣服鞋襪和首飾，尤其「若蟬蛻然」的形容，非但增添淒美效果，更符合妖魅傳說。

故事已至尾聲，「旬餘，鄭子還城，崟見之喜，迎問曰：『任子無恙乎？』鄭子泫然對曰：『歿矣。』」兩人「相持於室，盡哀」，鄭對韋揭開任氏身分，及受害始末，次日「具適馬嵬，發瘞視之，長慟而歸」。自始至終，作者只把鄭六定位為眷戀姿色、仰人鼻息的扁平角色，韋崟則立體突出，即便覬覦美色，倒也有情有義，收放自如；但是兩人對已成異物的任氏，依舊深情傷逝，哀慟悼亡，應是沈既濟對情愛的最高禮讚。

一如唐傳奇慣例，作者於文末，交待了故事來源，強調「嘗與崟遊，屢言其事，故最詳悉」，及在貶謫途中，受到鼓勵「傳以志異」之寫作動機，並以「嗟乎」喟嘆起，以「惜哉」歎惋終，對整個故事做出總評結語──「異物之情也，有人（道）焉。遇暴不失節，狗（「殉」之借字）人以至死，雖今婦人有不如者矣。惜鄭生非精人，徒悅其色而不徵其情性；

向使淵識之士，必能揉變化[3]之理，察神人之際，著文章之美，傳要妙之情，不止於賞翫風態而已。」彰顯其月旦時人的創作底蘊。

四、結語

探折文學創作，必先確認，作品絕非一個僵化、閉鎖的範疇，而是一個開放、變動不居的美學環境，會因鑑賞者的閱讀心態與角度，文化認知與程度，語意詮釋與解讀，美感體會與偏好，以及個人之時地、年力、性別、際遇、學養等因素，有或大或小之差異；但是，每一次認真地探索研究，都將豐富、延續文學作品的生命力。

〈任氏〉在唐傳奇中，一直未若〈鶯鶯傳〉、〈李娃傳〉、〈霍小玉〉、〈紅線〉、〈虯髯客〉諸篇，受到垂青，其實〈任氏〉在古典小說發展過程裏，佔有滿關鍵之地位，亦是一篇成熟且成功的短篇小說。

（一）〈任氏〉承魏晉志怪之餘緒，並反映唐朝著重現實之時代風尚，呈現浪漫和寫實的完美結合。

在先秦典籍中，狐是真實動物，而「物老成精」的觀念，在戰國末年萌芽，到了漢代，才逐漸興起。許慎《說文解字》第十篇上，對「狐」的解釋為：「祺（即「祆」字，通「妖」）

---

[3] 化，王夢鷗《唐人小說校釋》（上冊·四七頁·倒第五行）作「花」，今依《太平廣記》作「化」。

獸也，鬼所乘之。有三德：其色中和，小妭（即「前」字）大後，死則丘首，謂之三德。」可知東漢學者心中，狐已是一種鬼怪藉之作祟的妖獸，卻也擁有：皮毛漂亮，顏色和諧；體型首小尾大，象徵子孫繁衍；死時面向首丘，絕不忘本；三種美德。

人們對狐的崇拜，主要在北方黃河流域，但東漢趙曄所撰之《吳越春秋》，亦收有禹過塗山，娶了九尾狐的傳說。在信仰發生初期，狐多半僅只作祟、媚人及髡髮，如六朝志怪代表佳構──干寶《搜神記》：卷三第十一條，一狐當門嘷叫，作祟毀屋五間，夏侯藻幸得智者指點化解；第十九條，劉世則之女因狐魅而病積年，狐後被韓友施咒語以兩張皮囊兜殺；卷十八第十三條，明言女狐乃先古之淫婦，名曰阿紫，媚惑男子使成逃兵；十四條是老狐化身惡鬼嚇人，反遭砍殺；十五條記督郵到伯夷勇斃正赤老狐，得其所髡人髻百餘。

到了唐宋，崇狐信狐極度盛行，許多人認為狐能卜休占咎、祛疾解厄、祐福助緣。《朝野僉載》云：「唐初已來，百姓多事狐神，房中祭祀以祈恩。食飲與人同之，事者非一主。當時有諺曰：『無狐魅，不成村。』」（見《太平廣記》卷四百四十七〈狐神〉）；《宋史‧五行志》亦記載宣和七年（1125 年）秋，一狐囂張直入禁中，據御榻而坐，逼使徽宗詔毀狐王廟。

人狐關係，由對立惡懼，轉為相容依賴，狐魅的獸性漸泯，人性益滋，〈任氏〉正是此種傾向的代表。

《太平廣記》九卷狐類故事之首〈說狐〉云：「狐五十歲，能變化為婦人；百歲為美女，為神巫，或為丈夫與女人交接，能知千里外事，善蠱魅，使人迷惑失智；千歲即與天通，為

天狐。」《搜神記》卷十八第九條，記載千歲斑狐，變作一位總角風流的書生，使晉惠帝司空張華談文論學均「應聲屈滯」，且不畏忌犬。任氏屬百歲狐，修煉不足，是故難逃命限的悲劇。

狐因有「媚珠」，因此魅力無限，《太平廣記》卷四五一·〈劉眾愛〉提及：「狐口中媚珠，若能得之，當為天下所愛。……珠狀如碁子，通圓而潔。」卷四百五十·〈楊氏女〉則云：「伊祈熟肉辟狐魅，甚有驗也。」相信耽溺於狐魅的鄭六，若知此法，也絕對不會嘗試。

至於狐女不善針黹，死後衣服如蛻的特徵，並見於《太平廣記》卷四百五十一·〈李黁〉條。同書卷四百五十·〈祈縣民〉，寫一白狐化為白衣婦人，求寄載車中，卻因垂出狐尾于車轅下，慘遭斷尾；卷四百五十三〈王生〉，亦寫狐雖化身為人，不慎墜尾床下洩底敗機；而任氏躲避韋崟時，紅裳出於戶下，正是露出狐尾的象徵，白居易勸人戒色之七言古詩〈古冢狐〉云：

> 古冢狐，妖且老，化為婦人顏色好，
> 頭變雲環面變妝，大尾曳作長紅裳。
> 徐徐行傍荒村路，日欲暮時人靜處，
> 或歌或舞或悲啼，翠眉不舉花顏（一作「鈿」）低，
> 忽然一笑千萬態，見者十人八九迷，
> 假色迷人猶若是，真色迷人應過此。……

以不傷人為大前提，凡此種種之狐性，反增添〈任氏〉一文之浪漫異彩。

　　大體而言，唐朝政治堪稱安定，經濟亦頗繁榮，人民不必像亂世流離之際，只得將一切美好，寄望於天外或來世，於是眾人眼光紛紛投向今生現世；特別是安史之亂後的中唐士人，遠離了開國時的遠大襟懷，喪失了盛唐時的雍容氣度，反倒更加渴求個人的榮華富貴，著重現實的思潮反映在文學上，則是寫實主義抬頭，讓原本披著魅怪迷離外衣的〈任氏〉，亦回歸人間現世。沈既濟正是借精魅來寫人、寫人生、寫社會。

　　鬻餅胡人出現在長安街頭，說明西域與中原交流頻繁，因唐朝胡風甚熾，婦女地位提昇，社交活動活絡公開，對貞操觀念也較為淡薄，連貴為公主者，再醮多達二十五人，甚至有三位三嫁[4]，縱慾浮奢之風迷漫。〈任氏〉文中，時可見到這些現象的縮影：如女子暢行鄽市巷陌，陌生男子公然搭訕挑逗，也不至失禮遭斥；貴如韋崟，賤似鄭六，皆流連酒色；並透過任氏之口道出，佻達嫵媚豪放一如狐女之比者非一。

　　沈既濟賦予狐妖任氏，人的性格、思想、愛憎，對當時狃于社會風習，嫌貧愛富，見異思遷，趨炎附勢，屈從淫威暴力之人，敲響一記警鐘。

---

[4]　詳細表列，可參看董家遵撰〈從漢到宋寡婦再嫁習俗考〉（五）（原載《中大文史月刊》3 卷 1 期，1934 年 3 月），現收錄於《守節‧再嫁‧纏足及其他──中國古代婦女生活面面觀》（西安：陝西人民出版社編輯、出版，1990 年 9 月，頁 128-152）

（二）在賞析後，確認〈任氏〉已完全符合成熟小說之要
　　件，且是作者刻意精心的創作。

　　〈任氏〉對人物之塑造，每藉言談舉止表現，不作冗長
描述，使人物既具典型性，亦有獨特性，例如以多角度的描
繪，多層次的烘托，使任氏骨肉勻當，神貌畢現。

　　沈既濟充份掌握住生動、質樸、精確、典雅之古文特色，
截取重要場景，營造氣氛，運用對話或細節來刻劃人物、傳
遞意旨；並以伏筆、照應、衝突、高潮來顯現整篇結構的完
備、設思的巧妙，於情節的曲折推衍，節奏的快慢輕重，也
見藝術匠心。

　　〈任氏〉對後世狐類小說，影響深遠。宋代有敷演任氏
故事的大曲〈勾南呂薄媚舞〉，金・董解元《西廂記諸宮調》
也提及「鄭子遇妖狐」，明・《二刻拍案驚奇》卷二十九「贈
芝麻識破假形　擷草藥巧諧真偶」則說：「如任氏以身殉鄭
崟，連貞節之事也是有的」，而清・蒲松齡的《聊齋誌異》，
更是集狐魅故事之大成。

參考文獻

（一）專書

1. （宋）李昉等編：《太平廣記》五百卷（台北：新興書局，57 年 3 月）
2. 林以亮等撰：《中國古典小說論集》第一輯（台北：幼獅出版社，64 年 12 月），324 頁
3. 王夢鷗校釋：《唐人小說校釋》（上冊）（台北：正中書局，78 年 4 月，台初版三印），390 頁
4. 程毅中：《唐代小說史話》（北京：文化藝術出版社，1990 年 12 月），341 頁
5. 周先慎：《古典小說鑒賞》（北京：北京大學出版社，1992 年 1 月），253 頁
6. 俞汝捷：《仙鬼妖人——志怪傳奇新論》（北京：中國工人出版社，1992 年 9 月），237 頁

（二）期刊

1. 李元貞：〈試論唐人傳奇：任氏傳〉，《現代文學》第 42 期（59 年 12 月），頁 208-213
2. 李壽菊：〈學問狐‧好學孤‧尋書狐——狐在中國文化中的象徵意義〉，《中央日報‧長河版》，81 年 5 月 26 日

3. 李壽菊：〈唐人筆下的狐狸精〉，《德明學報》第 9 期（82 年 3 月），頁 231-243

4. 李富軒、李紅：〈中國狐文化史略〉，《歷史月刊》第 87 期（84 年 4 月），頁 98-105

5. 周先慎：〈精魅的人化——談《任氏傳》在古小說發展中的意義〉，《文史知識》（1982 年 12 月），頁 45-50

6. 郭英德：〈"異物之情也有人道"——《任氏傳》的任氏形象〉，《古典文學知識》（1987 年 1 月），頁 103

本篇發表於：

《中國文化大學中文學報》第四期　87.3　頁 75-86

唐・沈既濟

〈任氏傳〉　　（據黃晟校刊本《太平廣記》卷四百五十二・狐六）

　　任氏，女妖也。有韋使君者，名崟，第九，信安王禕之外孫。少落拓，好飲酒。其從父妹壻曰鄭六，不記其名，早習武藝，亦好酒色，貧無家，託身於妻族。與崟相得，遊處不間。

　　唐天寶九年夏六月，崟與鄭子偕行於長安陌中，將會飲於新昌里。至宣平之南，鄭子辭有故，請間去，繼至飲所。崟乘白馬而東，鄭子乘驢而南，入昇平之北門。偶值三婦人行於道中，中有白衣者，容色姝麗。鄭子見之驚悅，策其驢，忽先之，忽後之，將挑而未敢。白衣時時盼睞，意有所受。

鄭子戲之曰：「美艷若此而徒行，何也？」白衣笑曰：「有乘
不解相假，不徒行何為？」鄭子曰：「劣乘不足以代佳人之步，
今輒以相奉。某得步從，足矣。」相視大笑。同行者更相眩
誘，稍已狎暱。鄭子隨之東至樂遊園，已昏黑矣。見一宅，
土垣車門，室宇甚嚴。白衣將入，顧曰：「願少踟躕而入。」
女奴從者一人，留於門屏間，問其姓第。鄭子既告，亦問之，
對曰：「姓任氏，第二十。」少頃，延入。鄭繫驢於門，置帽
於鞍，始見婦人年三十餘，與之承迎，即任氏姊也。列燭置
膳，舉酒數觴。任氏更粧而出，酣飲極歡。夜久而寢，其妍
姿美質，歌笑態度，舉措皆艷，殆非人世所有。將曉，任氏
曰：「可去矣。某兄弟名係教坊，職屬南衙，晨興將出，不可
淹留。」乃約後期而去。

　既行，及里門，門扃未發。門旁有胡人鬻餅之舍，方張
燈熾爐。鄭子憩其簾下，坐以候鼓，因與主人言。鄭子指宿
所以問之曰：「自此東轉，有門者，誰氏之宅？」主人曰：「此
隤墉棄地，無第宅也。」鄭子曰：「適過之，曷以云無？」與
之固爭。主人適悟，乃曰：「吁！我知之矣。此中有一狐，多
誘男子偶宿，嘗三見矣。今子亦遇乎？」鄭子赧而隱曰：「無。」
質明，復視其所，見土垣車門如故。窺其中，皆蓁荒及廢圃
耳。既歸，見崟。崟責以失期，鄭子不泄，以他事對；然想
其艷冶，願復一見之，心嘗存之不忘。經十許日，鄭子遊，
入西市衣肆，瞥然見之，曩女奴從。鄭子遽呼之，任氏側身
周旋於稠人中以避焉。鄭子連呼前迫，方背立，以扇障其後
曰：「公知之，何相近焉？」鄭子曰：「雖知之，何患？」對
曰：「事可愧恥，難施面目。」鄭子曰：「勤想如是，忍相棄

手？」對曰：「安敢棄也，懼公之見惡耳。」鄭子發誓，詞旨益切。任氏乃廻眸去扇，光彩艷麗如初。謂鄭子曰：「人間如某之比者非一，公自不識耳，無獨怪也。」鄭子請之與敘歡。對曰：「凡某之流，為人惡忌者，非他，為其傷人耳。某則不然。若公未見惡，願終已以奉巾櫛。」鄭子許，與謀棲止，任氏曰：「從此而東，大樹出於棟間者，門巷幽靜，可稅以居。前時自宣平之南，乘白馬而東者，非君妻之昆弟乎？其家多什器，可以假用。」是時崟伯叔從役於四方，三院什器，皆貯藏之。鄭子如言訪其舍，而詣崟假什器。問其所用，鄭子曰：「新獲一麗人，已稅得其舍，假其以備用。」崟笑曰：「觀子之貌，必獲詭陋，何麗之絕也。」崟乃悉假帷帳榻席之具，使家僮之惠黠者，隨以覘之。俄而奔走返命，氣吁汗洽。崟迎問之：「有乎？」又問：「容若何？」曰：「奇怪也，天下未嘗見之矣！」崟姻族廣茂，且夙從逸遊，多識美麗。乃問曰：「孰若某美？」僮曰：「非其倫也！」崟遍比其佳者四五人，皆曰：「非其倫。」是時吳王之女有第六者，則崟之內妹，穠艷如神仙，中表素推第一。崟問曰：「孰與吳王家第六女美？」又曰：「非其倫也。」崟撫手大駭曰：「天下豈有斯人乎？」遽命汲水澡頸，巾首膏脣而往。既至，鄭子適出。崟入門，見小童擁篲方掃，有一女奴在其門，他無所見。徵於小僮，小僮笑曰：「無之。」崟周視室內，見紅裳出於戶下。迫而察焉，見任氏戩身匿於扇間。崟別出，就明而觀之，殆過於所傳矣。崟愛之發狂，乃擁而凌之，不服，崟以力制之。方急，則曰：「服矣。請少廻旋。」既從，則捍禦如初。如是者數四。崟乃悉力急持之，任氏力竭，汗若濡雨。自度不免，

乃縱體不復拒抗，而神色慘變。崟問曰：「何色之不悅？」任氏長歎息曰：「鄭六之可哀也！」崟曰：「何謂？」對曰：「鄭生有六尺之軀，而不能庇一婦人，豈丈夫哉！且公少豪侈，多獲佳麗，遇某之比者眾矣；而鄭生窮賤耳，所稱愜者，唯某而已。忍以有餘之心，而奪人之不足乎？哀其窮餒不能自立，衣公之衣，食公之食，故為公所繫耳。若糠糧可給，不當至是。」崟豪俊有義烈，聞其言，遽置之。斂衽而謝曰：「不敢。」俄而鄭子至，與崟相視咍樂。

自是，凡任氏之薪粒牲餼，皆崟給焉。任氏時有經過出入，或車馬輿步，不常所止。崟日與之遊，甚歡；每相狎暱無所不至，唯不及亂而已。是以崟愛之重之，無所怪惜，一食一飲，未嘗忘焉。任氏知其愛己，因言以謝曰：「愧公之見愛甚矣，顧以陋質，不足以答厚意，且不能負鄭生，故不得遂公歡。某，秦人也，生長秦城，家本伶倫，中表姻族，多為人寵媵，以是長安狹斜，悉與之通；或有殊麗，悅而不得者，為公致之，可矣。願持此以報德。」崟曰：「幸甚！」鄽中有鬻衣之婦曰張十五娘者，肌體凝潔，崟常悅之。因問任氏識之乎，對曰：「是某表娣妹，致之易耳。」旬餘，果致之。數月厭罷。任氏曰：「市人易致，不足以展效。或有幽絕之難謀者，試言之，願得盡智力焉。」崟曰：「昨者寒食，與二三子遊於千福寺，見刁將軍緬張樂於殿堂，有善吹笙者，年二八，雙鬟垂耳，嬌姿艷絕。當識之乎？」任氏曰：「此寵奴也。其母即妾之內姊也，求之可也。」崟拜於席下。任氏許之，乃出入刁家。月餘，崟促問其計，任氏願得雙縑以為賂，崟依給焉。後二日，任氏與崟方食，而緬使蒼頭控青驪以迓任

氏，任氏聞召，笑謂崟曰：「諧矣。」初任氏加寵奴以病，針
餌莫減。其母與緬憂之方甚，將徵諸巫。任氏密賂巫者，指
其所居，使言從就為吉。及視疾，巫曰：「不利在家，宜出居
東南某所，以取生氣。」緬與其母詳其地，則任氏之第在焉。
緬遂請居。任氏謬辭以偪狹，勤請而後許。乃輦服玩并其母，
偕送于任氏。至則疾愈。未數日，任氏密引崟以通之，經月
乃孕。其母懼，遽歸以就緬，由是遂絕。他日，任氏謂鄭子
曰：「公能致錢五六千乎？將為謀利。」鄭子曰：「可。」遂
假求於人，獲錢六千。任氏曰：「鬻馬於市者，馬之股有疵，
可買以居之。」鄭子如市，果見一人牽馬求售者，青在左股，
鄭子買以歸。其妻昆弟皆嗤之曰：「是棄物也，買將何為？」
無何，任氏曰：「馬可鬻矣。當獲三萬。」鄭子乃賣之。有酬
二萬，鄭子不與。一市盡曰：「彼何苦而貴買，此何愛而不鬻？」
鄭子乘之以歸，買者隨至其門，累增其估，至二萬五千也。
不與，曰：「非三萬不鬻。」其妻昆弟聚而詬之。鄭子不獲已，
遂賣，登三萬。既而密伺買者，徵其由，乃昭應縣之御馬疵
股者，死三歲矣。斯吏不時除籍，官徵其估，計錢六萬，設
其以半買之，所獲尚多矣；若有馬以備數，則三年芻粟之估，
皆吏得之，且所償蓋寡，是以買耳。任氏又以衣服故弊（敝），
乞衣於崟。崟將買全綵與之，任氏不欲，曰：「願得成制者。」
崟召市人張大為買之，使見任氏，問所欲。張大見之，驚謂
崟曰：「此必天人貴戚，為郎所竊，且非人間所宜有者。願速
歸之，無及於禍。」其容色之動人也如此。竟買衣之成者，
而不自紉縫也，不曉其意。後歲餘，鄭子武調，授槐里府果
毅尉，在金城縣。時鄭子方有妻室，雖晝遊於外，而夜寢於

內，多恨不得轉（專）其夕。將之官，邀與任氏俱去，任氏
不欲往，曰：「旬月同行，不足以為歡。請計給糧饟，端居以
遲歸。」鄭子懇請，任氏愈不可。鄭子乃求崟資助，崟與，
更勸勉，且詰其故。任氏良久曰：「有巫者言，某是歲不利西
行，故不欲耳。」鄭子甚惑也，不思其他，與崟大笑曰：「明
智若此，而為妖惑，何哉？」固請之，任氏曰：「儻巫者言可
徵，徒為公死，何益？」二子曰：「豈有斯理乎？」懇請如初。
任氏不得已，遂行。

　　崟以馬借之，出祖於臨皋，揮袂別去。信宿至馬嵬，任
氏乘馬居其前，鄭子乘驢居其後，女奴別乘又在其後。是時，
西門圉人教獵狗於洛川，已旬日矣；適值於道，蒼犬騰出於
草間，鄭子見任氏欻然墜於地，復本形而南馳，蒼犬逐之，
鄭子隨走叫呼，不能止。里餘，為犬所獲。鄭子銜涕，出囊
中錢贖以瘞之，削木為記。迴睹其馬，齧草於路隅，衣服悉
委於鞍上，履襪猶懸於鐙間，若蟬蛻然；唯首飾墜地，餘無
所見，女奴亦逝矣。旬餘，鄭子還城，崟見之喜，迎問曰：「任
子無恙乎？」鄭子泫然對曰：「歿矣。」崟聞之亦慟，相持
於室，盡哀。徐問疾故，答曰：「為犬所害。」崟曰：「犬雖
猛，安能害人？」答曰：「非人。」崟駭曰：「非人，何者？」
鄭子方述本末，崟驚訝歎息不能已。明日，命駕與鄭子俱適
馬嵬，發瘞視之，長慟而歸。追思前事，唯衣不自製，與人
頗異焉。其後鄭子為總監使，家甚富，有櫪馬十餘匹。年六
十五卒。

　　大曆中，沈既濟居鍾陵，嘗與崟遊，屢言其事，故最詳
悉；後為殿中侍御史，兼隴州刺史，遂歿而不返。嗟乎！異

物之情也,有人道焉。遇暴不失節,狥人以至死,雖今婦人有不如者矣。惜鄭生非精人,徒悅其色而不徵其情性。向使淵識之士,必能揉變化之理,察神人之際,著文章之美,傳要妙之情,不止於賞翫風態而已。惜哉!建中二年,既濟自左拾遺,於金吾將軍裴冀、京兆少尹孫成、戶部郎中崔需、右拾遺陸淳,皆適居東南,自秦徂吳,水陸同道。時前拾遺朱放,因旅遊而隨焉。浮穎涉淮,方舟沿流,晝讌夜話,各徵其異說。眾君子聞任氏之事,共深歎駭,因請既濟傳之,以志異云。沈既濟撰。

箱沉、情斷、命絕的杜十娘

怒沉百寶箱的杜十娘，相傳是明萬曆年間的真人真事，本事見於明代宋懋澄《九籥集》卷五的＜負情儂傳＞，及馮夢龍之《警世通言》第卅二卷。

故事從浙江紹興府人氏太學生李甲，在教坊司遇著了雅艷兼俱、顛倒眾生的名姬杜微開始。杜微因排行第十，人稱杜十娘，她在風塵花柳間翻滾了七年，看透歡場炎涼，故「久有從良之志」，基於李公子「忠厚志誠」，有心托付終身，無奈他畏於父威，「不敢應承」。

歷經年餘的揮霍殆盡，李甲漸有「手不應心」之憾，使得原先「奉承不暇」的老鴇，也由怠慢、嘲諷，到欲逐之而後快的地步，不意「性本溫克」的公子，全然不受其激怒。「媽媽」只得轉向「十娘」開刀，她趁機替公子爭得，十日內以三百兩銀子為己贖身的許諾，並與虔婆「拍掌為定」，逼之立誓「若翻悔時做豬做狗」。

至此，杜十娘似乎已將終身大事，交付在囊空如洗的李公子身上，雖然李甲託言湊聚路費，可是三親四友對迷戀煙花的風流浪子，豈肯伸出援手；正如老鴇所料，折騰了三天，仍「分毫無獲」。第四天，因無顏回院，只得借住在同鄉柳遇春那兒；柳監生認為這是「煙花逐客之計」，不如早日罷手，李甲口中稱是，心中卻「割捨不下」。

十娘派小廝覓回公子，準備了酒肴，與其歡飲；不過，

談及籌款之事，公子只會默然流涕。直到五更天，十娘才交給公子一床絮褥，說明裏頭藏有私蓄碎銀一百五十兩，希望他在僅剩的四日中，湊齊其餘半數。

李甲驚喜過望，持褥逕至柳寓，把事情原委全說了，柳遇春被杜十娘真情所感動，遂替李甲出面，兩日內就借足一百五十兩，讓他笑逐顏開地攜回妓院。第十天一早，杜微對李甲說道，昨日向姊妹「借得」白銀二十兩，可作行資，解了公子難以啟齒的困迫。而此時，老鴇也敲門入室，見公子竟如數交出銀兩，似有悔意，但在杜十娘要脅「郎君持銀去，兒即刻自盡」下，唯恐落得「人財兩失」，只能憤然將二人逐出房門。杜微同李甲向院中姊妹辭別致謝，而平日相善的謝月朗、徐素素，各出所有之翠鈿、金釧、錦袖、花裙等物，將禿鬢舊衫的杜微，裝扮得煥然一新，更大排筵席，為之餞行。二人先於月朗處，借宿兩夜，再暫住遇春寓中，整頓行裝。杜十娘見著柳君，即拜謝「周全之德」，並於擇定出發日期後，遣小童捎信給月朗「道別」。臨行之際，眾家姊妹均來送行，謝月朗命人拿來一個「封鎖甚固」的描金文具箱，請十娘檢收，作為「長途空乏」時，「亦可少助」的贐儀；奇怪的是，「十娘也不開看，也不推辭，但殷勤作謝而已」。

他們行至潞河，需「舍陸從舟」，然而，在贖回幾件衣裳，添購了鋪蓋，及付了轎馬之費後，李甲已花完身上的二十兩銀子，正愁悶船錢無著，十娘即「取鑰開箱」拿出一個紅絹袋，公子打開一看，原是白銀五十兩，他因為「自覺慚愧」，「不敢窺覷箱中虛實」，只見杜十娘馬上鎖上箱子，並未明言箱中還有什麼，只說，承蒙昔日姊妹高情厚意，不僅「途路

不乏」，即使「他日浮寓吳越間」，亦可稍獲佐助。

航至瓜州，他們另僱小舟換乘，打算次日清晨渡江；一路行來，總有他人在旁，「久疏談笑」、「未得暢語」，此時乃「仲冬中旬」，「月明如水」，二人攜酒舖氈並坐舟首，應公子請求，十娘興致盎然地高歌了一曲「小桃紅」，真可謂：「聲飛霄漢雲皆駐，響入深泉魚出遊」。

不意，嘹亮歌聲挑動了鄰船風流紈袴子孫富的心弦，使之通宵輾轉難眠。適巧，驟起風雪，舟楫不發，孫富假觀雪之舉，得窺國色天香的十娘揭簾潑水，驚鴻一瞥下，「魂搖心蕩」，遂圖據為己有。孫富先藉吟詩引出公子，「承機攀話」，待「漸漸親熟」，再行邀至岸邊酒肆內小酌，套出了李甲、杜微相交結合的始末根由。

孫富看透李甲根本無法掙脫禮法拘牽，也不能突破門第觀念，更是個「沒主意的人」，就用「烟花之輩，少真多假」，「難保無踰墻鑽穴之事」，「若為妾而觸父，因妓而棄家，海內必以兄為浮浪不經之人……何以立於天地之間？」等狀似冠冕堂皇的歪理，輕易地動搖了李甲情志；再誘之千金重利以易儷人，使李大公子同意回去與杜十娘商議此事。

回到小舟，擺設酒果挑燈以待的十娘，見公子「似有不樂之意」，「乃滿斟熱酒勸之」，可是李甲搖頭拒絕，一言不發，竟上床睡去，十娘「收拾杯盤」，「為公子解衣就枕」，頻頻探問何故如此，卻只聞其嘆息而已。公子半夜醒來，見十娘猶坐床頭，他幾次欲言又止，然後「撲簌簌掉下淚來」，惹得她「抱持公子於懷間，軟言撫慰」，等到問出來龍去脈，十娘「放開兩手，冷笑一聲」，「贊同」了那「發乎情，止乎禮，誠兩

便之策」，願意銀「貨」兩訖。

　　「時已四鼓」，十娘起身「挑燈梳洗」，說道：「今日之粧，乃迎新送舊，非比尋常。」刻意修飾完畢，天色已亮，孫富差家童到船頭等候回覆，十娘「微窺公子，欣欣似有喜色」，乃心死情盡，「催公子快去回話，及早兌足銀子」。杜十娘親自檢看千兩白銀「足色足數」後，就藉言取還李甲的路引（通行證），啟開描金文具箱，叫公子拉出第一層抽屜，只見滿是「翠羽明璫，瑤簪寶珥」，「約值數百金」，十娘「遽投之江中」，兩船之人瞠目結舌；再命公子陸續抽出其他層，全是「玉簫金管」、「古玉紫金玩器」，「約值數千金」，十娘「盡投之於水」，此刻「舟中岸上之人，觀者如堵」，齊聲惋惜；最後取出一匣，則是夜明珠，祖母綠、貓眼石等，一堆難以估價的異寶，她又想投諸江水，李甲「不覺大悔，抱持十娘慟哭」，孫富「也來勸解」，十娘推開公子，痛斥孫某以淫意讒說「破人姻緣，斷人恩愛」，再對李甲表明，「區區千金，未為難事」，「恨郎眼內無珠」，辜負自己一片真心。公子「又羞又苦，且悔且泣」，正要謝罪求恕，豈料十娘抱持寶匣，縱身躍入江心，消失於滾滾波濤間。

　　激起眾怒的李、孫二人，只能在一片喊打聲中，吩咐開船，分頭鼠竄。李甲「在舟中看了千金，轉憶十娘，終日愧悔，鬱成狂疾，終身不痊」；而孫富「自那日受驚得病，臥床月餘，終日見杜十娘在傍詬罵，奄奄而逝」。為德不卒、邪謀奪美者，俱遭惡報；而束裝返鄉的柳遇春，舟次瓜州之際，臨江淨臉，墜失銅盆，請漁人撈回後，反添一匣寶物，夜獲十娘託夢，方曉李甲負心薄倖之事，而小匣則為其報謝前恩

之物。

杜十娘本著不輕易露白的原則,將錢財視作愛情的表徵與考驗,不料原本看重的「忠厚志誠」之另一面,竟是怯弱現實,李甲個性的缺失與人性的弱點,卻是杜微始料未及的。能預籌終身之計,知杜十娘心思縝密,惜百密難免一疏,錯認個「碌碌蠢才」為良人佳婿;而內蘊的剛毅性格,在與虔婆抗爭時,曾乍然一現,至故事結尾,壯烈迸發,導致箱沉、情斷、命絕的悲慘收場。

本篇發表於:

《中央日報》長河版　80.1.3

明・馮夢龍

〈杜十娘怒沉百寶箱〉　（據兼善堂本《警世通言》第三十二卷）

> 掃蕩殘胡立帝畿,龍翔鳳舞勢崔嵬;
>
> 左環滄海天一帶,右擁太行山萬圍。
>
> 戈戟九邊雄絕塞,衣冠萬國仰垂衣;
>
> 太平人樂華胥世,永永金甌共日輝。

這首詩,單誇我朝燕京建都之盛。說起燕都的形勢,北倚雄關,南壓區夏,真乃金城天府,萬年不拔之基。當先　洪武爺掃蕩胡塵,定鼎金陵,是為南京。到　永樂爺從北平起兵靖難,遷于燕都,是為北京。只因這一遷,把個苦寒地面,

變作花錦世界。自 永樂爺九傳至於 萬曆爺，此乃我朝第十一代的天子。這位天子，聰明神武，德福兼全，十歲登基，在位四十八年，削平了三處寇亂。那三處？

日本關白平秀吉，西夏哱承恩，播州楊應龍。平秀吉侵犯朝鮮，哱承恩、楊應龍是土官謀叛，先後削平。遠夷莫不畏服，爭來朝貢。真個是：

一人有慶民安樂，四海無虞國太平。

話中單表萬曆二十年間，日本國關白作亂，侵犯朝鮮。朝鮮國王上表告急，天朝發兵泛海往救。有戶部官奏准：目今兵興之際，糧餉未充，暫開納粟入監之例。原來納粟入監的，有幾般便宜：好讀書，好科舉，好中，結末來又有個小小前程結果。以此宦家公子、富室子弟，到不願做秀才，都去援例做太學生。自開了這例，兩京太學生，各添至千人之外。內中有一人，姓李名甲，字干先，浙江紹興府人氏。父親李布政所生三兒，惟甲居長。自幼讀書在庠，未得登科，援例入於北雍。因在京坐監，與同鄉柳遇春監生同遊教坊司院內，與一個名姬相遇。那名姬姓杜名媺，排行第十，院中都稱為杜十娘，生得：

渾身雅豔，遍體嬌香，兩彎眉（眉）畫遠山青，一對眼明秋水潤。臉如蓮萼，分明卓氏文君；唇似櫻桃，何減白家樊素。可憐一片無瑕玉，誤落風塵花柳中。

那杜十娘自十三歲破瓜，今一十九歲，七年之內，不知歷過了多少公子王孫，一個個情迷意蕩，破家蕩產而不惜。院中傳出四句口號來，道是：

坐中若有杜十娘，斗筲之量飲千觴；

院中若識杜老嫩，千家粉面都如鬼。

卻說李公子，風流年少，未逢美色，自遇了杜十娘，喜出望外，把花柳情懷，一擔兒挑在他身上。那公子俊俏龐兒、溫存性兒，又是撒漫的手兒、幫襯的勤兒，與十娘一雙兩好，情投意合。十娘因見鴇兒貪財無義，久有從良之志；又見李公子忠厚志誠，甚有心向他。奈李公子懼怕老爺，不敢應承。雖則如此，兩下情好愈密，朝歡暮樂，終日相守，如夫婦一般。海誓山盟，各無他志。真個：

恩深似海恩無底，義重如山義更高。

再說杜媽媽女兒，被李公子占住，別的富家巨室，聞名上門，求一見而不可得。初時李公子撒漫用錢，大差大使，媽媽脅肩諂笑，奉承不暇。日往月來，不覺一年有餘，李公子囊篋漸漸空虛，手不應心，媽媽也就怠慢了。老布政在家聞知兒子闞院，幾遍寫字來喚他回去。他迷戀十娘顏色，終日延挨。後來聞知老爺在家發怒，越不敢回。古人云：「以利相交者，利盡而疏。」那杜十娘與李公子真情相好，見他手頭愈短，心頭愈熱。媽媽也幾遍教女兒打發李甲出院，見女兒不統口，又幾遍將言語觸突李公子，要激怒他起身。公子性本溫克，詞氣愈和。媽媽沒奈何，日逐只將十娘叱罵道：「我們行戶人家，喫客穿客，前門送舊，後門迎新，門庭鬧如火，錢帛堆成垛。自從那李甲在此，混帳一年有餘，莫說新客，連舊主顧都斷了，分明接了個鍾馗老，連小鬼也沒得上門；弄得老娘一家人家，有氣無煙，成什麼模樣！」杜十娘被罵，耐性不住，便回答道：「那李公子不是空手上門的，也曾費過

大錢來。」媽媽道:「彼一時,此一時,你只教他今日費些小錢兒,把與老娘辦些柴米,養你兩口也好。別人家養的女兒便是搖錢樹,千生萬活;偏我家晦氣,養了個退財白虎;開了大門七件事,般般都在老身心上。到替你這小賤人白白養着窮漢,教我衣食從何處來?你對那窮漢說,有本事出幾兩銀子與我,到得你跟了他去,我別討個丫頭過活却不好?」十娘道:「媽媽,這話是真是假?」媽媽曉得李甲囊無一錢,衣衫都典盡了,料他沒處設法,便應道:「老娘從不說謊,當真哩!」十娘道:「娘,你要他許多銀子?」媽媽道:「若是別人,千把銀子也討了。可憐那窮漢出不起,只要他三百兩,我自去討一個粉頭代替。只一件,須是三日內交付與我,左手交銀,右手交人。若三日沒有銀時,老身也不管三七二十一,公子不公子,一頓孤拐,打那光棍出去。那時莫怪老身!」十娘道:「公子雖在客邊乏鈔,諒三百金還措辦得來。只是三日忒近,限他十日便好。」媽媽想道:「這窮漢一雙赤手,便限他一百日,他那里來銀子?沒有銀子,便鐵皮包臉,料也無顏上門。那時重整家風,嫩兒也沒得話講。」答應道:「看你面,便寬到十日。第十日沒有銀子,不干老娘之事。」十娘道:「若十日內無銀,料他也無顏再見了。只怕有了三百兩銀子,媽媽又翻悔起來。」媽媽道:「老身年五十一歲了,又奉十齋,怎敢說謊?不信時,與你拍掌為定,若翻悔時做豬做狗。」

　　從來海水斗難量,可笑虔婆意不良;

　　料定窮儒囊底竭,故將財禮難嬌娘。

　　是夜,十娘與公子在枕邊,議及終身之事。公子道:「我

110

非無此心。但教坊落籍，其費甚多，非千金不可。我囊空如洗，如之奈何！」十娘道：「妾已與媽媽議定只要三百金，但須十日內措辦。郎君遊資雖罄，然都中豈無親友可以借貸？倘得如數，妾身遂為君之所有，省受虔婆之氣。」公子道：「親友中為我留戀行院，都不相顧。明日只做束裝起身，各家告辭，就開口假貸路費，湊聚將來，或可滿得此數。」起身梳洗，別了十娘出門。十娘道：「用心作速，專聽佳音。」公子道：「不須分付。」公子出了院門，來到三親四友處，假說起身告別，眾人倒也歡喜。後來敘到路費欠缺，意欲借貸；常言道：「說着錢，便無緣。」親友們就不招架。他們也見得是，道李公子是風流浪子，迷戀煙花，年許不歸，父親都為他氣壞在家；他今日抖然要回，未知真假，倘或說騙盤纏到手，又去還脂粉錢，父親知道，將好意翻成惡意；始終只是一怪，不如辭了乾淨。便回道：「目今正值空乏，不能相濟，慚愧，慚愧！」人人如此，個個皆然，並沒有個慷慨丈夫，肯統口許他一十二十兩。李公子一連奔走了三日，分毫無獲，又不敢回決十娘，權且含糊答應。到第四日，又沒想頭，就羞回院中。平日間有了杜家，連下處也沒有了，今日就無處投宿，只得往同鄉柳監生寓所借歇。柳遇春見公子愁容可掬，問其來歷，公子將杜十娘願嫁之情，備細說了。遇春搖首道：「未必，未必！那杜嫩曲中第一名姬，要從良時，怕沒有十斛明珠、千金聘禮，那鴇兒如何只要三百兩？想鴇兒怪你無錢使用，白白古（占）住他的女兒，設計打發你出門。那婦人與你相處已久，又礙却面皮，不好明言；明知你手內空虛，故意將三百兩賣個人情，限你十日；若十日沒有，你也不好上

門；便上門時，他會說你、笑你，落得一場褻瀆，自然安身不牢；此乃煙花逐客之計。足下三思，休被其惑。據弟愚意，不如早早開交為上。」公子聽說，半晌無言，心中疑惑不定。遇春又道：「足下莫要錯了主意。你若真個還鄉，不多幾兩盤費，還有人搭救。若是要三百兩時，莫說十日，就是十箇月也難。如今的世情，那肯顧緩急二字的。那煙花也算定你沒處告債，故意設法難你。」公子道：「仁兄所見良是。」口裏雖如此說，心中割捨不下。依舊又往外邊東央西告，只是夜裏不進院門了。

公子在柳監生寓中，一連住了三日，共是六日了。杜十娘連日不見公子進院，十分着緊，就教小廝四兒街上去尋。四兒尋到大街，恰好遇見公子。四兒叫道：「李姐夫，娘在家裏望你。」公子自覺無顏，回復道：「今日不得工夫，明日來罷。」四兒奉了十娘之命，一把扯住，死也不放，道：「娘叫咯尋你，是必同去走一遭。」李公子心上也牽掛着表（婊）子，沒奈何，只得隨四兒進院。見了十娘，嘿嘿無言。十娘問道：「所謀之事如何？」公子眼中流下淚來。十娘道：「莫非人情淡薄，不能足三百之數麼？」公子含淚而言，道出兩句：

不信上山擒虎易，果然開口告人難。

「一連奔走六日，並無銖兩，一雙空手，羞見芳卿，故此這幾日不敢進院。今日承命呼喚，忍恥而來。非某不用心，實是世情如此。」十娘道：「此言休使虔婆知道。郎君今夜且住，妾別有商議。」十娘自備酒肴，與公子懽飲。睡至半夜，十娘對公子道：「郎君果不能辦一錢耶？妾終身之事，當如何

也？」公子只是流涕，不能答一語。漸漸五更天曉。十娘道：
「妾所臥絮褥內，藏有碎銀一百五十兩，此妾私蓄，郎君可
持去。三百金，妾任其半，郎君亦謀其半，庶易為力。限只
四日，萬勿遲悞。」十娘起身將褥付公子，公子驚喜過望。
喚童兒持褥而去，逕到柳遇春寓中，又把夜來之情與遇春說
了。將褥拆開看時，絮中都裹着零碎銀子，取出兌時，果是
一百五十兩。遇春大驚道：「此婦真有心人也。既係真情，不
可相負，吾當代為足下謀之。」公子道：「倘得玉成，決不有
負。」當下柳遇春留李公子在寓，自出頭各處去借貸。兩日
之內，湊足一百五十兩交付公子，道：「吾代為足下告債，非
為足下，實憐杜十娘之情也。」

　　李甲拿了三百兩銀子，喜從天降，笑顏逐開，欣欣然來
見十娘，剛是第九日，還不足十日。十娘問道：「前日分毫難
借，今日如何就有一百五十兩？」公子將柳監生事情，又述
了一遍。十娘以手加額道：「使吾二人得遂其願者，柳君之力
也。」兩個歡天喜地，又在院中過了一晚。次日，十娘早起，
對李甲道：「此銀一交，便當隨郎君去矣。舟車之類，合當預
備。妾昨日於姊妹中借得白銀二十兩，郎君可收下為行資也。」
公子正愁路費無出，但不敢開口，得銀甚喜。說猶未了，鴇
兒恰來敲門叫道：「嫩兒，今日是第十日了。」公子聞叫，啟
戶相延道：「承媽媽厚意，正欲相請。」便將銀三百兩放在卓
（桌）上。鴇兒不料公子有銀，嘿然變色，似有悔意。十娘
道：「兒在媽媽家中八年，所致金帛，不下數千金矣。今日從
良美事，又媽媽親口所訂，三百金不欠分毫，又不曾過期。
倘若媽媽失信不許，郎君持銀去，兒即刻自盡。恐那時人財

兩失，悔之無及也。」鴇兒無詞以對，腹內籌畫了半晌，只得取天平兌準了銀子，說道：「事已如此，料留你不住了。只是你要去時，即今就去。平時穿戴衣飾之類，毫釐休想！」說罷，將公子和十娘推出房門，討鎖來就落了鎖。此時九月天氣，十娘才下床，尚未梳洗，隨身舊衣，就拜了媽媽兩拜，李公子也作了一揖。一夫一婦，離了虔婆大門。

　　鯉魚脫却金鈎去，擺尾搖頭再不來。

　　公子教十娘且住片時：「我去喚個小轎擡你，權往柳榮卿寓所去，再作道理。」十娘道：「院中者（諸）姊妹平昔相厚，理宜話別。況前日又承他借貸路費，不可不一謝也。」乃同公子到各姊妹處謝別。姊妹中惟謝月朗、徐素素與杜家相近，尤與十娘親厚。十娘先到謝月朗家。月朗見十娘禿髻舊衫，驚問其故。十娘備述來因，又引李甲相見。十娘指月朗道：「前日路資，是此位姐姐所貸，郎君可致謝。」李甲連連作揖。月朗便教十娘梳洗，一面去請徐素素來家相會。十娘梳洗已畢，謝、徐二美人各出所有，翠鈿金釧、瑤簪寶珥、錦袖花裙、鸞帶繡履，把杜十娘裝扮得煥然一新，備酒作慶賀筵席。月朗讓臥房與李甲、杜媺二人過宿。次日，又大排筵席，遍請院中姊妹；凡十娘相厚者，無不畢集，都與他夫婦把盞稱喜；吹彈歌舞，各逞其長，務要盡歡，直飲至夜分。十娘向眾姊妹一一稱謝，眾姊妹道：「十姊為風流領袖，今從郎君去，我等相見無日，何日長行？姊妹們尚當奉送。」月朗道：「候有定期，小妹當來相報。但阿姊千里間關，同郎君遠去，囊篋蕭條，曾無約束，此乃吾等之事，當相與共謀之，勿令姊有窮途之慮也。」眾姊妹各唯唯而散。是晚，公子和十娘仍

宿謝家。至五鼓，十娘對公子道：「吾等此去，何處安身？郎君亦曾計議有定着否？」公子道：「老父盛怒之下，若知娶妓而歸，必然加以不堪，反致相累；展轉尋思，尚未有萬全之策。」十娘道：「父子天性，豈能終絕？既然倉卒難犯，不若與郎君於蘇杭勝地，權作浮居。郎君先回，求親友於尊大人面前勸解和順，然後攜妾于歸，彼此安妥。」公子道：「此言甚當。」次日，二人起身辭了謝月朗，暫往柳監生寓中，整頓行裝。杜十娘見了柳遇春，倒身下拜，謝其周全之德：「異日我夫婦必當重報。」遇春慌忙答禮道：「十娘鍾情所歡，不以貧竂易心，此乃女中豪傑。僕因風吹火，諒區區何足掛齒！」三人又飲了一日酒。次早，擇了出行吉日，雇倩轎馬停當。十娘又遣童兒寄信，別謝月朗。臨行之際，只見肩輿紛紛而至，乃謝月朗與徐素素拉眾姊妹來送行。月朗道：「十姊從郎君千里間關，囊中消索，吾等甚不能忘情。今合具薄賤，十姊可檢收，或長途空乏，亦可少助。」說罷，命從人挈一描金文具至前，封鎖甚固，正不知什麼東西在裏面。十娘也不開看，也不推辭，但殷勤作謝而已。須臾，輿馬齊集，僕夫催促起身。柳監生三盃別酒，和眾美人送出崇文門外，各各垂泪而別。正是：

他日重逢難預必，此時分手最堪憐。

再說李公子同杜十娘行至潞河，舍陸從舟。却好有瓜洲差使船轉回之便，講定船錢，包了艙口。比及下船時，李公子囊中並無分文餘剩。你道杜十娘把二十兩銀子與公子，如何就沒了？公子在院中鬧得衣衫藍縷，銀子到手，未免在解庫中取贖幾件穿着，又製辦了鋪盖，剩來只勾轎馬之費。公

子正當愁悶，十娘道：「郎君勿憂，眾姊妹合贈，必有所濟。」
及取鑰開箱，公子在傍自覺慚愧，也不敢窺覷箱中虛實。只
見十娘在箱裏取出一個紅絹袋來，擲於卓上道：「郎君可開看
之。」公子提在手中，覺得沉重，啟而觀之，皆是白銀，計
數整五十兩。十娘仍將箱子下鎖，亦不言箱中更有何物，但
對公子道：「承眾姊妹高情，不惟途路不乏，即他日浮寓吳越
間，亦可稍佐吾夫妻山水之費矣。」公子且驚且喜道：「若不
遇恩卿，我李甲流落他鄉，死無葬身之地矣。此情此德，白
頭不敢忘也。」自此，每談及往事，公子必感激流涕，十娘
亦曲意撫慰。一路無話。

　　不一日，行至瓜洲，大船停泊岸口，公子別僱了民船，
安放行李。約明日侵晨，剪江而渡。其時仲冬中旬，月明如
水，公子和十娘坐於舟首。公子道：「自出都門，困守一艙之
中，四顧有人，未得暢語；今日獨據一舟，更無避忌；且已
離塞北，初近江南，宜開懷暢飲，以舒向來抑鬱之氣；恩卿
以為何如？」十娘道：「妾久疎談笑，亦有此心，郎君言及，
足見同志耳。」公子乃攜酒具於船首，與十娘鋪氈並坐，傳
盃交盞。飲至半酣，公子執卮對十娘道：「恩卿妙音，六院推
首；某相遇之初，每聞絕調，輒不禁神魂之飛動。心事多違，
彼此鬱鬱，鸞鳴鳳奏，久矣不聞；今清江明月，深夜無人，
肯為我一歌否？」十娘興亦勃發，遂開喉頓嗓，取扇按拍，
嗚嗚咽咽，歌出元人施君美《拜月亭》雜劇上「狀元執盞與
嬋娟」一曲，名〈小桃紅〉。真個：

　　聲飛霄漢雲皆駐，響入深泉魚出遊。

　　卻說他身有一少年，姓孫名富，字善賚，徽州新安人氏。

116

家資巨萬，積祖揚州種鹽。年方二十，也是南雍中朋友。生性風流，慣向青樓買笑，紅粉追歡，若嘲風弄月，到是個輕薄的頭兒。事有偶然，其夜亦泊舟瓜洲渡口，獨酌無聊，忽聽得歌聲嘹喨，風吟鸞吹，不足喻其美。起立船頭，佇聽半晌，方知聲出鄰舟。正欲相訪，音響倏已寂然，乃遣僕者潛窺踪跡，訪於舟人；但曉得是李相公僱的船，並不知歌者來歷。孫富想道：「此歌者必非良家，怎生得他一見？」展轉尋思，通宵不寐，挨至五更，忽聞江風大作。及曉，彤雲密佈，狂雪飛舞。怎見得，有詩為證：

千山雲樹滅，萬徑人踪絕；

扁舟蓑笠翁，獨釣寒江雪。

因這風雪阻渡，舟不得開。孫富命艄公移船，泊於李家舟之傍。孫富貂帽狐裘，推窗假作看雪。值十娘梳洗方畢，纖纖玉手，揭起舟傍短簾，自潑盂中殘水；粉容微露，却被孫富窺見了，果是國色天香；魂搖心蕩，迎眸注目，等候再見一面，杳不可得。沉思久之，乃倚窗高吟高學士〈梅花詩〉二句，道：

雪滿山中高士臥，月明林下美人來。

李甲聽得鄰舟吟詩，舒頭出艙，看是何人。只因這一看，正中了孫富之計。孫富吟詩，正要引李公子出頭，他好乘機攀話。當下慌忙舉手，就問：「老兄尊姓何諱？」李公子敘了姓名鄉貫，少不得也問那孫富。孫富也敘過了。又敘了些太學中的閒話，漸漸親熟。孫富便道：「風雪阻舟，乃天遣與尊兄相會，實小弟之幸也。舟次無聊，欲同尊兄上岸，就酒肆

中一酌，少領清誨，萬望不拒。」公子道：「萍水相逢，何當厚擾？」孫富道：「說那里話！『四海之內，皆兄弟也。』」喝教艄公打跳，童兒張傘，迎接公子過船，就於船頭作揖。然後讓公子先行，自己隨後，各各登跳上涯。行不數步，就有個酒樓。二人上樓，揀一副潔淨座頭，靠窗而坐。酒保列上酒肴。孫富舉杯相勸，二人賞雪飲酒。先說些斯文中套話，漸漸引入花柳之事。二人都是過來之人，志同道合，說得入港，一發成相知了。孫富屏去左右，低低問道：「昨夜尊舟清歌者，何人也？」李甲正要賣弄在行，遂實說道：「此乃北京名姬杜十娘也。」孫富道：「既係曲中姊妹，何以歸兄？」公子遂將初遇杜十娘，如何相好，後來如何要嫁，如何借銀討他，始末根由備細述了一遍。孫富道：「兄携麗人而歸，固是快事，但不知尊府中能相容否？」公子道：「賤室不足慮，所慮者，老父性嚴，尚費躊躇耳！」孫富將機就機，便問道：「既是尊大人未必相容，兄所携麗人，何處安頓？亦曾通知麗人，共作計較否？」公子攢眉而答道：「此事曾與小妾議之。」孫富欣然問道：「尊寵必有妙策。」公子道：「他意欲僑居蘇杭，流連山水。使小弟先回，求親友宛轉於家君之前，俟家君回嗔作喜，然後圖歸。高明以為何如？」孫富沉吟半晌，故作愀然之色，道：「小弟乍會之間，交淺言深，誠恐見怪。」公子道：「正賴高明指教，何必謙遜？」孫富道：「尊大人位居方面，必嚴帷薄之嫌，平時既怪兄遊非禮之地，今日豈容兄娶不節之人？況且賢親貴友，誰不迎合尊大人之意者？兄枉去求他，必然相拒。就有個不識時務的進言於尊大人之前，見尊大人意思不允，他就轉口了。兄進不能和睦家庭，退無

詞以回復尊寵，即使留連山水，亦非長久之計；萬一資斧困竭，豈不進退兩難！」公子自知手中只有五十金，此時費去大半，說到資斧困竭，進退兩難，不覺點頭道是。孫富又道：「小弟還有句心腹之談，兄肯俯聽否？」公子道：「承兄過愛，更求盡言。」孫富道：「疎不間親，還是莫說罷。」公子道：「但說何妨！」孫富道：「自古道：『婦人水性無常。』況煙花之輩，少真多假。他既係六院名妹，相識定滿天下；或者南邊原有舊約，借兄之力，挈帶而來，以為他適之地。」公子道：「這個恐未必然。」孫富道：「既不然，江南子弟，最工輕薄；兄留麗人獨居，難保無踰牆鑽穴之事。若挈之同歸，愈增尊大人之怒。為兄之計，未有善策。況父子天倫，必不可絕；若為妾而觸父，因妓而棄家，海內必以兄為浮浪不經之人；異日，妻不以為夫，弟不以為兄，同袍不以為友，兄何以立于天地之間？兄今日不可不熟思也！」公子聞言，茫然自失，移席問計：「據高明之見，何以教我？」孫富道：「僕有一計，於兄甚便。只恐兄溺枕席之愛，未必能行，使僕空費詞說耳！」公子道：「兄誠有良策，使弟再覩家園之樂，乃弟之恩人也。又何憚而不言耶？」孫富道：「兄飄零歲餘，嚴親懷怒，閨閣離心，設身以處兄之地，誠寢食不安之時也。然尊大人所以怒兄者，不過為迷花戀柳、揮金如土，異日必為棄家蕩產之人，不堪承繼家業耳！兄今日空手而歸，正觸其怒。兄倘能割袵席之愛，見機而作，僕願以千金相贈。兄得千金，以報尊大人，只說在京授館，並不曾浪費分毫，尊大人必然相信。從此家庭和睦，當無間言。須臾之間，轉禍為福。兄請三思，僕非貪麗人之色，實為兄效忠於萬一也！」

李甲原是沒主意的人，本心懼怕老子，被孫富一席話，說透胸中之疑，起身作揖道：「聞兄大教，頓開茅塞。但小妾千里相從，義難頓絕，容歸與商之。得其心肯，當奉復耳。」孫富道：「說話之間，宜放婉曲。彼既忠心為兄，必不忍使兄父子分離，定然玉成兄還鄉之事矣。」二人飲了一回酒，風停雪止，天色已晚。孫富教家僮算還了酒錢，與公子攜手下船。正是：

逢人且說三分話，未可全拋一片心。

却說杜十娘在舟中，擺設酒果，欲與公子小酌，竟日未回，挑燈以待。公子下船，十娘起迎。見公子顏色匆匆，似有不樂之意，乃滿斟熱酒勸之。公子搖首不飲，一言不發，竟自床上睡了。十娘心中不悅，乃收拾杯盤，為公子解衣就枕，問道：「今日有何見聞，而懷抱鬱鬱如此？」公子嘆息而已，終不啟口。問了三四次，公子已睡去了。十娘委決不下，坐於床頭而不能寐。到夜半，公子醒來，又嘆一口氣。十娘道：「郎君有何難言之事，頻頻嘆息？」公子擁被而起，欲言不語者幾次，撲籟籟掉下淚來。十娘抱持公子於懷間，軟言撫慰道：「妾與郎君情好，已及二載；千辛萬苦，歷盡艱難，得有今日；然相從數千里，未曾哀戚，今將渡江，方圖百年歡笑，如何反起悲傷？必有其故。夫婦之間，死生相共，有事儘可商量，萬勿諱也。」公子再四被逼不過，只得含淚而言道：「僕天涯窮困，蒙恩卿不弃，委曲相從，誠乃莫大之德也；但反覆思之，老父位居方面，拘於禮法，況素性方嚴，恐添嗔怒，必加黜逐；你我流蕩，將何底止？夫婦之歡難保，父子之倫又絕。日間蒙新安孫友邀飲，為我籌及此事，寸心

如割。」十娘大驚道:「郎君意將如何?」公子道:「僕事內之人,當局而迷。孫友為我畫一計頗善,但恐恩卿不從耳!」十娘道:「孫友者何人?計如果善,何不可從?」公子道:「孫友名富,新安鹽商,少年風流之士也。夜間聞子清歌,因而問及。僕告以來歷,并談及難歸之故,渠意欲以千金聘汝。我得千金,可藉口以見吾父母,而恩卿亦得所天;但情不能捨,是以悲泣。」說罷,淚如雨下。十娘放開兩手,冷笑一聲道:「為郎君畫此計者,此人乃大英雄也!郎君千金之資既得恢復,而妾歸他姓,又不致為行李之累,發乎情,止乎禮,誠兩便之策也。那千金在那里?」公子收淚道:「未得恩卿之諾,金尚留彼處,未曾過手。」十娘道:「明早快快應承了他,不可挫過機會;但千金重事,須得兌足交付郎君之手,妾始過舟,勿為賈豎子所欺。」時已四鼓,十娘即起身,挑燈梳洗道:「今日之粧,乃迎新送舊,非比尋常。」於是脂粉香澤,用意修飾,花鈿繡襖,極其華豔,香風拂拂,光采照人。裝束方完,天色已曉。

　　孫富差家童到船頭候信。十娘微窺公子,欣欣似有喜色,乃催公子快去回話,及早兌足銀子。公子親到孫富船中,回復依允。孫富道:「兌銀易事,須得麗人粧臺為信。」公子又回覆了十娘,十娘即指描金文具道:「可便擡去。」孫富喜甚。即將白銀一千兩,送到公子船中。十娘親自檢看,足色足數,分毫無爽,乃手把船舷,以手招孫富。孫富一見,魂不附體。十娘啟朱唇、開皓齒,道:「方纔箱子可暫發來,內有李郎路引一紙,可檢還之也。」孫富視十娘已為甕中之鱉,即命家童送那描金文具,安放船頭之上。十娘取鑰開鎖,內皆抽替

小箱。十娘叫公子抽第一層來看，只見翠羽明璫、瑤簪寶珥，充牣於中，約值數百金。十娘遽投之江中。李甲與孫富及兩船之人，無不驚詫。又命公子再抽一箱，乃玉簫金管；又抽一箱，盡古玉紫金玩器，約值數千金；十娘盡投之於水。舟中岸上之人，觀者如堵，齊聲道：「可惜，可惜！正不知什麼緣故？」最後又抽一箱，箱中復有一匣，開匣視之，夜明之珠，約有盈把，其他祖母祿（綠）、貓兒眼，諸般異寶，目所未睹，莫能定其價之多少。眾人齊聲喝采，喧聲如雷。十娘又欲投之於江。李甲不覺大悔，抱持十娘慟哭，那孫富也來勸解。十娘推開公子在一邊，向孫富罵道：「我與李郎備嘗艱苦，不是容易到此。汝以奸淫之意，巧為讒說，一旦破人姻緣，斷人恩愛，乃我之仇人。我死而有知，必當訴之神明，尚妄想枕席之歡乎！」又對李甲道：「妾風塵數年，私有所積，本為終身之計。自遇郎君，山盟海誓，白首不渝。前出都之際，假託眾姊妹相贈，箱中韞藏百寶，不下萬金；將潤色郎君之裝，歸見父母，或憐妾有心，收佐中饋，得終委託，生死無憾。誰知郎君相信不深，惑於浮議，中道見棄，負妾一片真心。今日當眾目之前，開箱出視，使郎君知區區千金，未為難事；妾櫝中有玉，恨郎眼內無珠。命之不辰，風塵困瘁，甫得脫離，又遭棄捐。今眾人各有耳目，共作證明，妾不負郎君，郎君自負妾耳！」於是眾人聚觀者，無不流涕，都唾罵李公子負心薄倖。公子又羞又苦，且悔且泣，方欲向十娘謝罪；十娘抱持寶匣，向江心一跳。眾人急呼撈救，但見雲暗江心，波濤滾滾，杳無蹤影。可惜一箇如花似玉的名姬，一旦葬於江魚之腹。

三魂渺渺歸水府，七魄悠悠入冥途。

當時旁觀之人，皆咬牙切齒，爭欲拳毆李甲和那孫富。慌得李孫二人，手足無措，急叫開船，分途遁去。李甲在舟中，看了千金，轉憶十娘，終日愧悔，鬱成狂疾，終身不痊。孫富自那日受驚，得病臥床月餘，終日見杜十娘在傍詬罵，奄奄而逝。人以為江中之報也。

却說柳遇春在京坐監完滿，束裝回鄉，停舟瓜步。偶臨江淨臉，失墜銅盆於水，覓漁人打撈。及至撈起，乃是個小匣兒。遇春啟匣觀看，內皆明珠異寶，無價之珍。遇春厚賞漁人，留於床頭把玩。是夜，夢見江中一女子，凌波而來，視之，乃杜十娘也。近前萬福，訴以李郎薄倖之事，又道：「向承君家慷慨，以一百五十金相助。本意息肩之後，徐圖報答，不意事無終始；然每懷盛情，悒悒未忘。早間曾以小匣托漁人奉致，聊表寸心，從此不復相見矣。」言訖，猛然驚醒，方知十娘已死，嘆息累日。

後人評論此事，以為孫富謀奪美色，輕擲千金，固非良士；李甲不識杜十娘一片苦心，碌碌蠢才，無足道者。獨謂十娘千古女俠，豈不能覓一佳侶，共跨秦樓之鳳，乃錯認李公子。明珠美玉，投於盲人，以致恩變為仇；萬種恩情，化為流水，深可惜也！有詩嘆云：

不會風流莫妄談，單單情字費人參。

若將情字能參透，喚作風流也不慚。

細品《水滸傳・景陽岡武松打虎》

──兼論與〈黑旋風沂嶺殺四虎〉之比較

一、前言

名列「四大奇書」之一的《水滸傳》，是寫「亂自上作」、「官逼民反」，眾多英雄好漢逐漸嘯聚梁山泊，標榜「劫富救貧」、「替天行道」，由揭竿起義對抗朝廷，到接受招安效命大宋，終至敗亡星散的故事。

書中號稱有「三十六天罡」、「七十二地煞」一百零八條好漢，雖非個個人物作者都精心書寫，但如武松、魯智深、李逵、林沖、宋江等重要角色，則多方描摹、極力刻劃。今單舉武松一人、純就打虎一事，細加品賞。

《水滸傳》的版本，大致分為"繁本"和"簡本"兩個系統。文繁事簡的"繁本"，有百回本，如明萬曆年間杭州容與堂刊刻的《李卓吾先生批評忠義水滸傳》[1]，寫了梁山好漢接受招安，和招安後征遼、打方臘的情節；有百二十回本，如萬曆末蘇州袁无涯刻本，題名《李卓吾評忠義水滸全傳》，較百回本多出打田虎、征王慶的過程。至於文簡事繁的"簡

---

[1]　（明）李贄評點：《李卓吾先生批評忠義水滸傳》（臺北：天一出版社，74 年，《明清善本小說叢刊初編 125-126》）。

本"，特點是文筆疏漏，招安後有平田虎、定王慶之事；現存多屬殘本，僅清刊本十卷一百十五回《忠義水滸傳》較為完整。

明末諸生金人瑞（字聖嘆）據"繁本"系統前七十回為基礎，將第七十回內容一分為二，排定座次之前半為一回，後半回加添"驚噩夢"作結；並改第一回為「楔子」，潤色刪汰文字，並加評點，成為《第五才子書施耐庵水滸傳》，入清後，風行三百年。現據此書第二十二回後半——〈景陽岡武松打虎〉[2]，試加論述。

二、〈景陽岡武松打虎〉的藝術成就

《第五才子書施耐庵水滸傳》第二十二至三十一回（其他版本多為第二十三至三十二回），主在描寫武松的際遇經歷、思想性格、言語舉措，即所謂「武十回」；其中〈景陽岡武松打虎〉自成首尾，波瀾層迭、聲色俱全、形神兼備；順時依序敷陳，先窮形盡態詳述武松在酒店之情況，繼而進入扣人心弦之景陽岡打虎主文，末了下嶺，驟遇兩個全身繃著虎皮的獵戶，又蕩出餘韻，回應高潮；同時巧用精練文筆渲染環境、烘托氣氛，與情節律動、人物情態相呼應。

---

[2]　本論文據施耐庵撰/羅貫中纂修/金聖嘆批/繆天華校訂：《水滸傳》（臺北：三民書局，72 年 12 月再版）——《第五才子書施耐菴水滸傳》卷之二十七，《聖歎外書》第二十二回「橫海郡柴進留賓　景陽岡武松打虎」，頁 338-350。

此貫華堂本，施耐「庵」原作施耐「菴」、金聖「嘆」原作金聖「歎」。

（一）鋪墊

〈景陽岡武松打虎〉自「話分兩頭」說起，先前武松在柴進莊上，結識了「及時雨宋公明」，倍受禮遇提挈，一洗招惡惹嫌、染患瘧疾的窩囊氣，然因思念兄長，遂欲返清河縣探望。

「武松在路上行了幾日，來到陽穀縣地面。此去離縣治還遠，當日晌午時分，走得肚中饑渴，望見前面有一箇酒店，挑著一面招旗在門前，上頭寫着五箇字道：『三碗不過岡』。」——雖僅三言兩語，卻清楚交代了人、事、時、地、物。首先明寫主角正午赤日下行旅困乏，遙見酒招，必入店打尖，並埋下「三碗不過岡」的伏筆。

「武松入到裏面坐下，把哨棒倚了，叫道：『主人家！快把酒來喫。』」金聖嘆於此處夾評曰：「好（讀去聲）酒，是武二生平，只此開場第一句，便如聞其聲、如見其人。」但可怪的是，「只見店主人把三隻碗、一雙筷、一碟熱菜，放在武松面前，滿滿篩一碗酒來。武松拿起碗，一飲而盡，叫道：『這酒好生有氣力！主人家！有飽肚的，買些喫酒。』」——兩次「叫道」，吼出武松的急躁與粗豪；稱賞村酒「好生有氣力」，巧妙點明英雄氣息及酒韻勁道；也唯有江湖豪傑，才會先求黃湯入腸，再顧及填飽肚皮。當店家切來二斤熟牛肉，再篩上一碗酒，武松飲盡又讚道：「好酒」，簡潔有力，人酒兩相輝映。待斟過三碗後，任憑武松敲桌叫喊，店家也只肯切些肉來而不願再添酒，後經兩人對答，方解釋了招旗上「三碗不過岡」，是因客人來店，凡喝下三碗酒必醉，過不得前面

山岡。武松聞言，笑問既然如此，自己為何不醉？店家道：「我這酒叫做『透瓶香』，又喚做『出門倒』；初入口時醇醲好喫，少刻時便倒。」酒的香醇與後勁兒，透過別名妙現。

　　爾後，店主一味攔阻，擔心「這酒端的要醉倒人，沒藥醫」，煩惱「這條長漢，倘或醉倒了時，怎扶得你住。」武松只當對方怕自己賴帳，道：「休要胡說！沒地，不還你錢。再篩三碗來我喫。」三碗入喉，又道：「端的好酒！主人家！我喫一碗，還你一碗錢，只顧篩來。」阮囊羞澀，不免擔心他人看輕，居然會說：「主人家！你且來看我銀子，還你酒肉錢彀麼？」「不要你貼錢，只將酒來篩」；遭到連番勸止，從「休得胡鳥說！便是你使蒙汗藥在裏面，我也有鼻子」，一副老江湖口吻，到誇口「要你扶的不算好漢」，最後，焦躁得連「我又不白喫你的，休要引老爹性發，通教你屋裏粉碎，把你這鳥店子倒翻轉來！」要賴發狠的渾話，全蹦出了口。武松「喫得口滑」，喝光所有存酒，一共十八碗[3]，配上四斤熟牛肉，依然「綽了哨棒，立起身來，道：『我却又不曾醉。』走出門前來，笑道：『却不說三碗不過岡！』手提哨棒便走。」瀟灑豪邁、自鳴得意間，猶不忘再次譏笑酒招上所誇稱的「三碗」之限。

　　店家此時趕出來喚住武松，武松立定問道：「叫我做甚麼？我又不少你酒錢，喚我怎地？」擺出一副業已銀貨兩訖，不堪再受嘮叨的態度。店主反倒耐心告知所抄錄之「官司榜

---

[3]　同註 1，《李卓吾先生批評忠義水滸傳》本誤作「前後共吃了十五碗」，金聖嘆本修正為「十八碗」。

文」內容，好意勸其留宿，因為前面景陽岡上，有隻吊睛白額的猛虎，夜間已咬死二三十條大漢，現正杖限獵戶捕捉中，過往來人需於巳午未三個時辰（上午九時至下午三時）結夥過岡。武松聽了，笑稱：「我是清河縣人氏，這條景陽岡上，少也走過了一二十遭，幾時見說有大蟲！你休說這般鳥話來嚇我，便有大蟲，我也不怕。」又道：「你鳥做聲！便真箇有虎，老爺也不怕！你留我在家裏歇，莫不半夜三更，要謀我財、害我性命，却把鳥大蟲諕嚇我？」幾番對話，已充分展現武松因窘迫落魄所滋之敏感自卑、久經江湖養成之戒慎警惕，以及粗豪中對自身本事之恃才傲氣；同時，也為後文設妥張本。

酒家搖著頭感嘆「一片好心，反做惡意」走進店裏去，對襯武松「提了哨棒，大着步，自過景陽岡來」，場景也順勢由室內轉成室外，擴大了書寫的範疇。

（二）主體

武松約行了四五里路，來到岡下，見一大樹，刮去了皮，一片白，上寫兩行字：「近因景陽岡大蟲傷人，但有過往客商，可於巳、午、未三箇時辰結夥成隊過岡。請勿自悞（誤）」；武松雖「也頗識幾字」，但仍認定此乃店家玩的花樣，不以為意。從「橫拖著哨棒，便上岡子來」的細處，暗暗點破武松看似清醒的假象；並以「這輪紅日，厭厭地相傍下山」對應「已有申牌時分」，而「厭厭地」三字，已使週遭氣氛詭異起來。

　　乘著酒興走不到半里多路，見一間敗落的山神廟門上貼著一張印信榜文，「方知端的有虎」，武松原欲折返，尋思存想了一回，怕被「恥笑不是好漢」，失了面子，遂抱著逞強、僥倖心態，自言自語說道：「怕甚麼鳥！且只顧上去，看怎地！」「那得甚麼大蟲！人自怕了，不敢上山。」酒意漸湧，使其「焦熱起來」，「便把氈笠兒掀在脊梁上，將哨棒綰在肋下，一步步上那岡子來」，步履蹣跚間，「回頭看這日色時，漸漸地墜下去了，此時正是十月間天氣，日短夜長，容易得晚」，簡單幾字交代季節、時間與天色，却給人極重的壓迫感，金聖嘆於此，妙註曰：「駭人之景。我當此時，便沒虎來，也要大哭。」「武松走了一直，酒力發作，焦熱起來。一隻手提着哨棒，一隻手把胸膛前袒開，踉踉蹌蹌，直逩（奔）過亂樹林來，見一塊光撻撻大青石，把那哨棒倚在一邊，放翻身體，却待要睡。」離開酒店後，猛虎的陰影漸濃，武松之醉態愈顯，反差中，吊足了讀者胃口；然而，暢飲十八碗「透瓶香」，猶能出門未倒、登上山岡，武松過人之處，不言而喻。

　　「光撻撻大青石」恰可供武松解熱酣睡，然而「亂樹林」正是大蟲藏身之佳處，故先「發起一陣狂風」，再「聽得亂樹背後撲地一聲響」，果真跳出了一隻吊睛白額的老虎。「武松見了，叫聲：『阿呀！』從青石上翻將下來，便拿那條哨棒在手裏，『閃』在青石邊。」——驚嚇之餘，翻身下石、順手抄起防身傢伙、快閃就防禦位置，一連串動作，乾淨俐落，醉意甚濃中的臨場反應，正突顯出武松功夫了得。「那大蟲又饑又渴，把兩隻爪在地下署按一按，和身望上一撲，從半空裏攧將下來。」——饑渴交迫之山大王，也不含糊，從預備動作

到發動攻勢，一氣呵成。而「武松被那一驚，酒都做冷汗出了」句，更把醉酒武松驟遇惡虎的悚怛，傳神寫出。景陽岡上，武松打虎，於焉展開。

老虎「一撲」未著，武松「只一閃，『閃』在大蟲背後」；因「那大蟲背後看人最難，便把前爪搭在地下，把腰胯一掀，掀將起來」，武松又「只一閃，『閃』在一邊」；「大蟲見掀他不著，吼一聲，卻似半天裏起箇霹靂，振得那山岡也動；把這鐵棒也似虎尾倒豎起來，只一剪，武松卻又『閃』在一邊。」猛虎「一撲，一掀，一翦」[4]，外帶「卻似半天裏起箇霹靂，振得那山岡也動」的吼聲，被武松接連「四閃」，輕鬆化解。一筆虎、一筆人，一來一往；然兩線交縐下，餓虎變成怒虎，醉漢變作勇夫。

武松先挫虎之銳氣，再伺機易守為攻──「武松見那大蟲復翻身回來，雙手輪起哨棒，盡平生氣力，只一棒，從半空劈將下來，只聽得一聲響，簌簌地將那樹連枝帶葉劈臉打將下來，定睛看時，一棒劈不著大蟲，原來打急了[5]，正打在枯

---

[4]　據孫勇進，〈打老虎與拔蘿蔔〉（"清韻書院"網站：www.qingyun.com．《清韻週刊》第 41 期，2004 年 8 月）一文則云：「所謂大蟲一撲一掀一剪，周作人就曾在《大蟲及其他》一文中認為不確，說根據現已瞭解的動物習性，這種食肉獸捕食，只一撲，萬一失敗，還得從頭再來，亦不用一掀一剪，若再不著，只得甘休，因為大蟲的攻擊物件多是快腿的動物，既經逃脫，便追趕不上也不必再追了。……清末民初夏曾佑也在《小說原理》中指出：『夫虎為食肉類動物，腰長而軟，若人力按其頭，彼之四爪均可上攫，與牛不同耳。』所以，『蓋虎本無可打之理，故無論如何寫之，皆不工也。』」

[5]　金聖嘆將《李卓吾先生批評忠義水滸傳》之「慌了」改成「打急了」，

樹上，把那條哨棒折做兩截，只拿得一半在手裏。」自武松返鄉起，一再見到對哨棒的敘述，或縮提、或拖倚，絕不離身，自可想見此物之重要，金聖嘆於此註曰：「哨棒十六（已出現十六次）。半日勤寫哨棒，只道仗他打虎，到此忽然開除，令人瞠目噤口，不復敢讀下去。哨棒折了，方顯出徒手打虎異樣神威來，只是讀者心膽墮矣。」唯陷無所憑恃之險境，方顯武松過人之處。

　　錦毛虎獸性大發飛撲過來，「武松又只一跳，却退了十步遠，那大蟲恰好把兩隻前爪搭在武松面前，武松將半截棒丟在一邊，兩隻手就勢把大蟲頂花皮肐膌地揪住，一按按將下來」，正式開始人虎肉搏戰。「那隻大蟲急要掙扎，被武松儘氣力捺定，那里（裏）肯放半點兒鬆寬。武松把隻腳望大蟲面門上、眼睛裏，只顧亂踢。那大蟲咆哮起來，把身底下爬起兩堆黃泥，做了一箇土坑；武松把那大蟲嘴，直按下黃泥坑裏去。那大蟲喫武松奈何得沒了些氣力，武松把左手緊緊地揪住頂花皮，偷出右手來，提起鐵鎚般大小拳頭，儘平生之力，只顧打，打得五、七十拳，那大蟲眼裏、口裏、鼻子裏、耳朵裏，都迸出鮮血來，更動彈不得，只剩口裏兀自氣喘[6]。」——武松「揪住」、「捺定」虎頭，「亂踢」虎面、虎眼，並將虎嘴「按下」虎掘之坑洞中，再「偷」勻出右手鐵拳「只

　　　較符合上下文氣。

[6]　此處，金本將「那武松儘平昔神威，仗胸中武藝，半歇兒把大蟲打做一堆，却似攛著一個錦布袋」句，改作「更動彈不得，只剩口裏兀自氣喘」，反倒失色不少。

顧打，打得五、七十拳」；活用動詞，簡練寫出一個掌握進退，
憑藉神力與膽識，徒手撂倒山大王的英雄來。怕大蟲不死，
武松尋回打折的哨棒，「又打了一回，眼見氣都沒了，方纔丟
了棒。」

待要拖虎下岡時，才發覺「原來使盡了氣力，手腳都酥
軟了」；「再來青石坐了半歇，尋思道：『天色看看黑了，倘或
又跳出一隻大蟲來時，却怎地鬥得他過，且掙扎下岡子去，
明早却來理會。』就石頭邊尋了氈笠兒，轉過亂樹林邊，一
步步捱下岡子來。」——武松手腳發軟、回到大青石上歇坐半
晌，精疲力竭的模樣，加上擔憂再遇吃人猛虎無力抵抗，打
算暫棄戰利品，硬撐下山的內心描摹，益添藝術真實的感染
力；而「掙扎下岡子去」、「一步步捱下岡子來」兩句，尤見
傳神寫照之妙，並以不忘尋回氈笠兒的細節，點染武松勇壯
下的細緻。

（三）餘波

走不到半里多路，武松只見枯草叢中又鑽出兩隻大蟲
來，嚇道：「阿呀！我今番罷了！」定睛一看直立起來的黑影，
原來是兩人把虎皮縫成衣裳，緊緊繃在身上，手裏各拿著一
條五股叉。他們見了武松，也大驚失色曰：「你、你、你，喫
了愬猁心、豹子肝、獅子腿、膽倒包著身軀！如何敢獨自一
箇，昏黑將夜，又沒器械，走過岡子來，你、你、你，是人
是鬼？」——深夜虎影幢幢下，武松驟見裹著虎皮的獵戶，誤
以為性命難保，失聲驚嘆；當地獵戶看到赤手空拳的武松，

更疑為鬼魅，在一連迭「你」字[7]中，顯見其等張口結舌、懼恐怖慄之狀；而誇張譬喻武松吃了鱷魚獅豹的心肝大腿，以致膽子大到可包住身體，則在緊湊節奏中，添些舒緩文氣之諧趣。武松弄清對方身分，反客為主問道：「你們上嶺來做甚麼？」獵戶則驚訝道：「你兀自不知哩！如今景陽岡上，有一隻極大的大蟲，夜夜出來傷人，只我們獵戶，也折了七八箇，過往客人，不記其數，都被這畜生喫了」，里正與獵戶人等銜知縣命令捕捉，但「那業畜勢大難近，誰敢向前？我們為他，正不知喫了多少限棒，只捉他不得」，今夜又遍佈窩弓藥箭埋伏誘捕，「却見你大剌剌地從岡子上走將下來，我兩箇喫了一驚。你却正是甚人？曾見大蟲麼？」——問答之際，再次強調這隻山大王非同小可，反扣武松的確英勇過人；在飽嚐虎患的獵戶眼中，不見武松的狼狽，而是「大剌剌地從岡子上走將下來」，乃是側筆描摹人物的功力展現。當武松說自己「正撞見那大蟲，被我一頓拳腳打死了」，兩獵戶聽呆了卻難以置信，武松進一步詳述經過，並以身上血跡為證，才「又驚又喜」地叫攏了十餘名拿著鋼叉、踏弩、刀鎗但不敢上山的鄉夫，請武松再說一次打虎的過程，眾人猶不信，遂點起火把隨武松一同上岡，果真「看見那大蟲做一堆兒死在那里」；寫獵戶、鄉夫一再存疑，旨在強調空手擊斃猛虎的不可思議。

眾人喜見大患已除，先叫人報知該縣里正、并該管上戶，再七手八腳縛了老虎下岡，「到得嶺下，早有七八十人都鬨將來，先把死大蟲擡在前面，將一乘兜轎擡了武松，投本處一

---

[7]　金本將兩處「你」字，易為三疊字「你、你、你」，傳神至極。

箇上戶家來,那上戶、里正都在莊前迎接」;二三十上戶、獵
戶全聚了過來,殷切探問,武松表明身分,再把醉打惡虎拳
腳「細說了一遍」,眾上戶道:「真乃英雄好漢!」眾獵戶準
備了野味想給武松把杯,「武松因打大蟲困乏了,要睡」,興
奮得意間,突作此一轉折,愈見真實。天明,武松穿戴整齊
出來,早有一牲羊、一擔酒伺候著,眾人皆作賀道謝,他也
客氣謝道:「非小子之能,托賴眾長上福蔭。」「喫了一早晨
酒食」後,陽穀縣知縣已差人來接打虎壯士,於是人、虎都
掛上花紅緞疋,虎置虎牀、人乘四人扛抬之涼轎,一前一後,
浩浩蕩蕩進了縣治;「武松在轎上看時,只見亞肩疊背、鬧鬧
穰穰(嚷嚷)、屯街塞巷,都來看迎大蟲。」到了縣衙門口,
「武松下了轎,扛著大蟲,都到廳前,放在甬道上。知縣看
了武松這般模樣,又見了這箇老大錦毛大蟲,心中自忖道:『不
是這箇漢,怎地打得這箇虎!』便喚武松上廳來」,「將打虎
的本事,說了一遍,廳上廳下眾多人等,都驚得呆了」;透過
他人之眼來看白額錦毛虎、長條勇壯漢,經由武松之眼來看
眾人反應,加上不嫌冗贅一再運用略筆言及「打虎經過」,旨
在藉此等渲染打虎之艱危,且交織映襯出崇偉的英雄形象。

「知縣就廳上賜了幾盃酒,將出上戶輳(湊)的賞賜錢
一千貫,給與武松」,武松謙稱託福、僥倖,願把一千貫散與
受罰獵戶分用,知縣見其「忠厚仁德」,遂拔擢做了步兵都頭,
「自此上官見愛,鄉里聞名」,武松似乎也忘了返家探望兄長
那檔事兒了。

三、「武松打虎」與「李逵殺虎」之比較

《水滸傳》第四十二回後半之〈黑旋風沂嶺殺四虎〉[8]與〈景陽岡武松打虎〉，有諸多相似點，然同中有異，各現風采，故金聖嘆於回前評曰：「二十二回寫武松打虎一篇，真所謂極盛難繼之事也，忽然於李逵取娘文中，又寫出一夜連殺四虎一篇，句句出奇，字字換色。若要李逵學武松一毫，李逵不能；若要武松學李逵一毫，武松亦不敢；各自興奇作怪，出妙入神，筆墨之能，於斯竭矣。」[9]

李逵取娘一事，在第四十一回中[10]，已有鋪墊。梁山泊當時「坐第一把交椅」的晁蓋，為免宋江「懸腸掛肚、坐臥難安」，遂叫戴宗等人將其父迎至寨中，又殺牛宰馬設宴「慶賀宋江父子完聚」，不意「忽然感動公孫勝一箇念頭思憶老母在薊州」，急忙起身返鄉省視；也引得李逵「放聲大哭起來」，賭氣道：「干鳥氣麼！這箇也去取爺，那箇也去望娘，偏鐵牛是土掘坑裏鑽出來的！」李逵為迎養老母，武松為看望哥哥，二者的歸家動機雷同。

在第四十二回前半，透過沂州沂水縣同鄉朱貴之口，說明李逵「是本縣百丈村董店東住，有個哥哥喚做李達，專與人家做長工；這李逵自小兇頑，因打死了人，逃走在江湖上，

8　同註 2，第四十二回「假李逵翦徑劫單身　黑旋風沂嶺殺四虎」，頁 635-651。

9　同註 2，頁 635。

10　同註 2，頁 628-630。

一向不曾回歸」。第二十二回前半，武松因宋江垂詢，自云：「小弟在清河縣，因酒後醉了，與本處機密相爭，一時間怒起，只一拳，打得那廝昏沉，小弟只道他死了，因此一逕地逃來投逩大官人處來躲災避難，今已一年有餘；後來打聽得那廝却不曾死，救得活了。」兩人逞凶鬥狠、亡命天涯的個性、背景，也非常類似。

武松曾對施恩說到：「你怕我醉了沒本事，我卻是沒酒沒本事！帶一分酒便有一分本事！五分酒五分本事！我若喫了十分酒，這氣力不知從何而來！若不是酒醉後了膽大，景陽岡上如何打得這隻大蟲？那時節，我須爛醉了好下手，又有力！又有勢！」[11]而宋江因擔心李逵「路上有失」，故請朱貴隨其後探聽，在沂水縣西門外，一簇人圍觀懸賞緝捕榜文，聽見前面有人唸到宋江、戴宗與自己姓名時，還想指手畫腳一番，幸好被朱貴及時攔住拖開；朱貴問及「我遲下山來一日，又先到你一日」的緣故，李逵答得妙：「便是哥哥（宋江）分付（吩咐），教我不要喫酒，以此路上走得慢了。」即便如此，李逵抱著「已到鄉里了，便喫兩碗兒，打甚麼鳥緊！朱貴不敢阻當他，繇他喫，當夜直喫到四更時分，安排些飯食，李逵喫了。」對武松、李逵來說，杜康永遠優於飯食，因為酒可壯膽、益氣；由聽、看官府榜文的反應，則可知李逵之憨直，絕對不同於武松之精細。

景陽岡前，有酒店主人好心攔阻武松上山；朱貴亦因「小

---

[11] 同註 2，頁 437-438。

路走，多大蟲；又有乘勢奪包裹的剪逕（徑）賊人」，勸李逵走大路回家；結果，二人均無懼地加以拒絕，且同樣遇上了老虎。李逵因宋江不許攜帶慣使的兩把板斧，「只跨一口腰刀、提條朴刀」，亦如武松折損一向依賴的哨棒，故遇老虎時，均被迫使出不同以往的招數，克敵制勝。

在大樹叢雜間，李逵首先遇上假冒自己「黑旋風」名號「剪逕劫單身」的李鬼，因其謊稱「家中有個九十歲的老娘，無人養贍，定是餓死」，不但饒其性命，還送了一錠銀子，讓其改業養母；後被撞破，李逵不但割下李鬼腦袋，並剜兩塊腿肉燒熟了下飯。武松也曾因發現被張都監虛情器重後坑陷，乃大開殺戒「血濺鴛鴦樓」，「見桌子上有酒有肉，武松拿起酒鍾子一飲而盡，連喫了三四鍾，便去死屍身上割下一片衣襟來，蘸著血，去白粉壁上，大寫下八字，道：『殺人者打虎武松也』。」[12]英雄豪傑行走江湖，重義講仁，然亦有令人心凜之越度行徑。

一番折騰，比及奔回家中時，「日已平西」，「見娘雙眼都盲了，坐在床上念佛」，李逵道：「娘！鐵牛來家了！」用乳名一喚娘親，不免撩起一股心酸；其母答道：「我兒，你去了許多時，這幾年正在那里安身？你的大哥只是在人家做長工，止博得些飯食喫，養娘全不濟事！我時嘗（常）思量你，眼泪（淚）流乾，因此瞎了雙目。你一向正是如何？」三言兩語，慈母形象、家中窘況畢現。李逵不敢明說自己已落草，

12　同註2，頁462。

佯稱做了官，回家迎養母親，恰待要行，碰上前來送飯的大哥李達，李達見了便拜，說道：「哥哥，多年不見！」李達劈頭便罵：「你這廝歸來做甚？又來負累人！」母親告知：「鐵牛如今做了官，特地家來取我。」更招致大哥一頓數落：「娘呀！休信他放屁！當初他打殺了人，教我披枷帶鎖，受了萬千的苦。如今又聽得他和梁山泊賊人通同，劫了法場，鬧了江州，見（現）在梁山泊做了強盜。前日江州行移公文到來，著落原籍追捕正身，卻要捉我到官比捕，又得財主替我官司分理，……又替我上下使錢，因此不喫官司杖限追要。見今出榜賞三千錢捉他！你這廝不死，卻走家來胡說亂道。」受到諸多連累的李達，內心充滿怨懟，無怪乎會不顧手足之情，報人來捉小弟。至於武松，可真當了官，外出閒玩時，亦巧逢大哥，也「撲翻身便拜」，而武大郎對小弟卻是「又怨又想」，因武松昔日「要便喫酒醉了，和人相打，時嘗喫官司」，就得「要便隨衙聽候，不曾有一箇月淨辦」，但「武松身長八尺，一貌堂堂，渾身上下有千百斤氣力」，正是「身不滿五尺，面目醜陋，頭腦可笑」之嫡親哥哥武大郎的靠山，「誰敢來放箇屁」[13]。角色、情節、時空環境類似，生花妙筆依然可寫出不同之風情，展現相互映襯之效。

李達粗中有細，在床上留下一錠李達從未見過的五十兩大銀，「當下背了娘，提了朴刀，出門望小路裏便走」，而銀子果真擋住了大哥領十餘個莊客來追。直奔至沂嶺下，「娘兒兩箇趁著星明月朗，一步步捱上嶺來」，母親口渴急討水喝，

李逵「喉嚨裏也煙發火出」且「困倦得要不得」,遂將盲母安置在「嶺上松樹邊一塊大青石上」,「插了朴刀在側邊」,請娘耐心等候取水回來;自己循聲「盤過了兩三處山腳,來到溪邊,捧起水來自喫了幾口」,琢磨盛水之物,遠見山頂一座廟宇,他即「攀藤攬葛,上到庵前,推開門看時,卻是箇泗洲大聖祠堂」,裡面只有個連著座子的石香爐,李逵使出蠻勁兒掇出,再到前面石階上硬磕下香爐,「拿了再到溪邊,將這香爐水裏浸了,拔起亂草,洗得乾淨,挽了半香爐水,雙手擎來,再尋舊路,夾七夾八走上嶺來。」一連串動作,鮮活勾勒出天生神力的孝子圖像,足與空手搏虎、友悌兄長的武松相媲美。

「到得松樹邊石頭上,不見了娘,只見朴刀插在那里;李逵叫娘吃水,杳無蹤跡,叫了幾聲不應,李逵心慌,丟了香爐,定住眼,四下里看時,並不見娘,走不到三十餘步,只見草地上一團血跡;李逵見了,一身肉發抖,趂(趁)著那血跡尋將去,尋到一處大洞口,只見兩箇小虎兒在那里舐一條人腿。」從「心慌」、「定住眼」,到見了血跡,「一身肉發抖」;殺人不眨眼、大啖惡棍腿肉的黑旋風,唯在此時此際,方覺心慌意亂,較武松昏醉中遭大蟲撲襲之恐懼,遠勝千萬。李逵「把不住抖」,想到自己千辛萬苦將失明老母背至嶺上,因取水不易耽擱了些時間,親娘竟被虎噬;「心頭火起,便不抖,赤黃鬚蚤(早)豎起來」,挺起朴刀,先搠死一隻小虎,再追至虎穴,搠倒另一隻,並伏在洞內張望,「只見那母大蟲張牙舞爪望窩裏來」,他便「放下朴刀,跨邊掣出腰刀」,「那母大蟲到洞口,先把尾去窩裏一剪,便把後半截身軀坐將入

去[14]。李逵在窩裏看得仔細，把刀朝母大蟲尾底下，盡平生氣力，捨命一戳，正中那母大蟲糞門；李逵使得力重，和那刀靶也直送入肚裏去了」，母老虎「負疼，直搶下山石岩下去了」。「李逵恰待要趕，只見就樹邊捲起一陣狂風，吹得敗葉樹木如雨一般打將下來」，「那一陣風起處，星月光輝之下，大吼了一聲，忽地跳出一隻弔（吊）睛白額虎來；那大蟲望李逵勢猛一撲，那李逵不慌不忙，趁著那大蟲勢力，手起一刀，正中那大蟲頷下。那大蟲不曾再掀再剪，一者護那疼痛，二者傷著他那氣筅（管）；那大蟲退不殼（夠）五七步，只聽得響一聲，如倒半壁山，登時間死在岩下。那李逵一時間殺了子母四虎，還又到虎窩邊，將著刀復看了一遍，只恐還有大蟲，已無有踪跡。李逵也困乏了，走向泗洲大聖廟裏，睡到天明。」金聖嘆於「李逵卻鑽入那大蟲洞內」下，評云：「前有武松打虎，此又有李逵殺虎，看他一樣題目，寫出兩樣文字，曾無一筆相近，豈非異才！寫武松打虎，純是精細；寫李逵殺虎，純是大膽。如虎未歸洞、鑽入洞內，虎在洞外、趕出洞來，都是武松不肯做之事。」[15]喪母的錐心刺痛，使黑旋風奮不顧身主動殺虎，動作乾脆狠準，與武松為求自保被動打虎，風情自是不同，故金聖嘆於「那大蟲望李逵勢猛一撲」句後評曰：「武松文中，一撲一掀一剪都躲過，是寫大智

---

[14] 據石麟〈虎・李逵・勤自勵〉短文指出，虎以臀部入洞之情節，源自唐戴孚之〈勤自勵〉篇。（石麟：〈虎・李逵・勤自勵〉，《湖北師範學院學報》〔哲學社會科學版〕2003年第3期，頁122）

[15] 同註2，頁644。

量人，讓一步法；今寫李逵不然，虎更耐不得，李逵也更耐不得，劈面相遭，大家便出全力死搏，更無一毫算計，純乎不是武松，妙絕！」[16]《李卓吾先生批評忠義水滸傳》卷之二十三回末總評，李贄亦曰：「人以武松打虎，到底有些怯在，不如李逵勇猛也；此村學究見識，如何讀得《水滸傳》？不知此正施（耐庵）、羅（貫中）二公傳神處。李是為母報仇，不顧性命者；武乃出于一時，不得不如此耳。俗人何足言此！俗人何足言此！」[17]

　　次日早晨，李逵用布衫撿裹了母親殘骸，掘坑葬之，「大哭了一場」，「收拾包裹、拿了朴刀，尋路慢慢的走過嶺來」，五七個正在收窩弓弩箭的獵戶見其驚問：「你這客人莫非是山神土地？如何敢獨自過嶺來？」李逵在隱瞞身分下，告知打死四虎的經過，眾獵戶齊叫道：「不信你一箇人如何殺得四箇虎？便是李存孝和子路，也只打得一箇。這兩箇小虎且不打緊，那兩個大虎非同小可；我們為這兩箇畜生，不知都喫了幾頓棍棒。這條沂嶺，自從有了這窩虎在上面，整三五箇月，沒人敢行。我們不信！敢是你哄我？」一如武松，李逵也率領打起胡哨喚來的三五十人，果然從嶺上抬下了四虎，並至一個大戶人家曹太公莊上，準備領賞；此事「鬨得前村後村、山僻人家，大男幼女成群拽隊，都來看虎」及打虎壯士。

　　不意其中正有打過照面的李鬼老婆，她告知爹娘，其父母報知里正，里正與曹太公因李逵「要村裏討賞」、「不肯去

16　同註2，頁645。

17　同註1，葉十四。

縣裏請功」，確認了他正是朝廷懸賞三千貫要緝捕的黑旋風，故「輪番把盞，大碗大鍾，只顧勸李逵」，「李逵不知是計，只顧開懷暢飲，全不計（記）宋江分付的言語。不兩箇時辰，把李逵灌得酩酊大醉，立脚不住」，結果被「放翻在一條板凳上，就取兩條繩子，連板凳綁住了」，準備解送官府。黑旋風疏忽了「小路走，多大蟲」的提醒，此一帶點兒逗趣的落魄下場，與打死猛虎後，人人稱揚、志得意滿的武都頭，可就大不相同了。

四、結語

金聖嘆於第二十二回回首總評曰：「讀打虎一篇，而歎人是神人，虎是怒虎，固已妙不容說矣。……皆是寫極駭人之事，却盡用極近人之筆，遂與後來沂嶺殺虎一篇，更無一筆相犯也。」〈景陽岡武松打虎〉旨在渲染武松神勇，故以詳筆敘述打虎經過；而〈黑旋風沂嶺殺四虎〉重在突顯李逵孝心，遂採略筆，迅速解決了大小四虎；兩篇雖不免誇飾形容，然皆不失藝術的真實。

〈景陽岡武松打虎〉一篇，對武松拳打猛虎，作全方位的描摹刻劃，可謂筆墨酣暢，淋漓盡致，神情面貌、動作心態，如聞其聲，如睹其景、如見其人，堪稱《水滸傳》的代表佳構，而「打虎」一事，後來更成為武松行走江湖的招牌。

至於不捐細處瑣物，不著痕跡地烘托人物、情境的功夫，也不容輕忽；如在二十二回內，"酒"就出現了七十三次，自然而然揭櫫此物的關鍵性；反覆出現十九次的"哨棒"，亦然。

參考期刊

1. 王振彥:〈武松是"神人""完人"嗎?〉,《南都學壇》（哲學社會科學版）第 15 卷·1995 年第 2 期,頁 45-48。

2. 石劍:〈句句出奇 字字換色——武松打虎與李逵殺虎之比較〉,《天中學刊》第 13 卷增刊（1998 年 8 月）,頁 59-60。

3. 張義春、袁廣:〈論金批《水滸》三種人〉,《雁北師範學院學報》17:1（2001 年 2 月）,頁 44-45。

4. 張桐林:〈明鏡照物 妍媸畢露——試論武松的性格缺憾〉,《東南大學學報（哲學社會科學版）》4:6（2002 年 11 月）,頁 118-122。

5. 湯國梁:〈論金本《水滸》中的武松——兼評金聖嘆對武松的偏愛〉,《濟寧師專學報》18:4（1997 年 12 月）,頁 11-16。

6. 惠繼東:〈武松形象的時代意蘊〉,《北京社會科學》2001 年第 1 期,頁 92-95。

7. 劉典嚴:〈一樣題目,兩樣文字——水滸故事中雷同類型的巧妙處理〉,《國文天地》17:5（民國 90 年 10 月）,頁 4-5。

8. 劉清渭:〈飽蘊民族精神的雄渾篇章〉——讀《水滸傳·武松打虎》,《文史知識》（1992 年 3 月）,頁 57-61。

9. 繆小雲:〈論金聖嘆對"水滸三傑"的鍾愛及其原因〉,《貴州社會科學》總 184 期（2003 年 7 月）,頁 80-84。

10. 鍾國榜:〈《景陽岡》中的"豹尾"及其教學〉,《貴州教育》1999 第 6 期,頁 31。

11. 鍾揚:〈勇士性格的旋律——武松、魯達、李逵異同論〉,《安慶師院社會科學學報》1995 年第 4 期,頁 88-94。

本篇發表於:

《中國文化大學中文學報》第十期　94.4　頁 79-92

元‧施耐庵

〈景陽岡武松打虎〉　　　（據貫華堂本《水滸傳》第二十三回後半）

話分兩頭,只說武松自與宋江分別之後,當晚投客店歇了。次日早起來,打火喫了飯,還了房錢,拴束包裹,提了哨棒,便走上路。尋思道:「江湖上只聞說及時雨宋公明,果然不虛!結識得這般弟兄,也不枉了!」武松在路上行了幾日,來到陽穀縣地面。此去離縣治還遠,當日晌午時分,走得肚中饑渴,望見前面有一箇酒店,挑着一面招旗在門前,上頭寫着五箇字道:「三碗不過岡」。武松入到裏面坐下,把哨棒倚了,叫道:「主人家!快把酒來喫。」只見店主人把三隻碗、一雙筷、一碟熱菜,放在武松面前,滿滿篩一碗酒來。武松拿起碗,一飲而盡,叫道:「這酒好生有氣力!主人家!有飽肚的,買些喫酒。」酒家道:「只有熟牛肉。」武松道:「好的切二三斤來喫。」酒店家去裏面切出二斤熟牛肉,做一大盤子將來,放在武松面前。隨即再篩一碗酒。武松喫了

道：「好酒！」又篩下一碗。恰好喫了三碗酒，再也不來篩。武松敲着桌子，叫道：「主人家！怎的不來篩酒？」酒家道：「客官要肉便添來。」武松道：「我也要酒，也再切些肉來。」酒家道：「肉便切來添與客官喫，酒却不添了。」武松道：「却又作怪！」便問主人家道：「你如何不肯賣酒與我喫？」酒家道：「客官，你須見我門前招旗，上面明明寫道：『三碗不過岡』。」武松道：「怎地喚做三碗不過岡？」酒家道：「俺家的酒，雖是村酒，却比老酒的滋味。但凡客人來我店中，喫了三碗的，便醉了，過不得前面的山岡去，因此喚做『三碗不過岡』。若是過往客人到此，只喫三碗，更不再問。」武松笑道：「原來恁地！我却喫了三碗，如何不醉？」酒家道：「我這酒叫做『透瓶香』，又喚做『出門倒』；初入口時醇釀好喫，少刻時便倒。」武松道：「休要胡說！沒地，不還你錢。再篩三碗來我喫。」酒家見武松全然不動，又篩三碗。武松喫道：「端的好酒！主人家！我喫一碗，還你一碗錢，只顧篩來。」酒家道：「客官，休只管要飲，這酒端的要醉倒人，沒藥醫。」武松道：「休得胡鳥說！便是你使蒙汗藥在裏面，我也有鼻子。」店家被他發話不過，一連又篩了三碗。武松道：「肉便再把二斤來喫。」酒家又切了二斤熟牛肉，再篩了三碗酒。武松喫得口滑，只顧要喫。去身邊取出些碎銀子，叫道：「主人家！你且來看我銀子，還你酒肉錢彀麼？」酒家看了道：「有餘，還有些貼錢與你。」武松道：「不要你貼錢，只將酒來篩。」酒家道：「客官，你要喫酒時，還有五六碗酒哩，只怕你喫不得了。」武松道：「就有五六碗多時，你盡數篩將來。」酒家道：「你這條長漢，倘或醉倒了時，怎扶得你住。」武松答道：

「要你扶的不算好漢。」酒家那里肯將酒來篩。武松焦躁道：「我又不白喫你的，休要引老爹性發，通教你屋裏粉碎，把你這鳥店子倒飜轉來！」酒家道：「這廝醉了，休惹他。」再篩了六碗酒與武松喫了。前後共喫了十八碗，綽了哨棒，立起身來，道：「我却又不曾醉。」走出門前來，笑道：「却不說三碗不過岡！」手提哨棒便走。酒家趕出來，叫道：「客官那里去？」武松立住了，問道：「叫我做甚麼？我又不少你酒錢，喚我怎地？」酒家叫道：「我是好意。你且回來我家看抄白官司榜文。」武松道：「甚麼榜文？」酒家道：「如今前面景陽岡上，有隻吊睛白額大蟲，晚了出來傷人，壞了三二十條大漢性命；官司如今杖限獵戶擒捉發落，岡子路口都有榜文，可教往來客人結夥成隊，于巳、午、未三箇時辰過岡；其餘寅、卯、申、酉、戌、亥六箇時辰，不許過岡。更兼單身客人，務要等伴結夥而過。這早晚正是未末申初時分，我見你走，都不問人，枉送了自家性命，不如就我此間歇了，等明日慢慢湊得三二十人，一齊好過岡子。」武松聽了，笑道：「我是清河縣人氏，這條景陽岡上，少也走過了一二十遭，幾時見說有大蟲！你休說這般鳥話來嚇我，便有大蟲，我也不怕。」酒家道：「我是好意救你，你不信時，進來看官司榜文。」武松道：「你鳥做聲！便真箇有虎，老爺也不怕！你留我在家裏歇，莫不半夜三更，要謀我財、害我性命，却把鳥大蟲諕嚇我？」酒家道：「你看麼！我是一片好心，反做惡意，倒落得你恁地，你不信我時，請尊便自行。」一面說，一面搖着頭，自進店裏去了。

這武松提了哨棒，大着步，自過景陽岡來。約行了四五

里路，來到岡子下，見一大樹，刮去了皮，一片白，上寫兩
行字；武松也頗識幾字，攞頭看時，上面寫道：「近因景陽岡
大蟲傷人，但有過往客商，可於巳、午、未三箇時辰結夥成
隊過岡。請勿自悞。」武松看了，笑道：「這是酒家詭詐，驚
嚇那等客人，便去那廝家裏宿歇，我卻怕甚麼鳥！」橫拖着
哨棒，便上岡子來。那時已有申牌時分，這輪紅日，厭厭地
相傍下山。武松乘着酒興，只管走上岡子來，走不到半里多
路，見一箇敗落的山神廟。行到廟前，見這廟門上貼着一張
印信榜文，武松住了腳讀時，上面寫道：「陽穀縣示：『為景陽
岡上新有一隻大蟲，傷害人命；見今杖限各鄉里正并獵戶人
等，行捕未獲。如有過往客商人等，可於巳、午、未三箇時
辰結伴過岡；其餘時分及單身客人，不許過岡，恐被傷害性
命，各宜知悉。政和年、月、日』」武松讀了印信榜文，方知
端的有虎，欲待轉身再回酒店裏來；尋思道：「我回去時，須
喫他恥笑不是好漢，難以轉去。」存想了一回，說道：「怕甚
麼鳥！且只顧上去，看怎地！」武松正走，看看酒湧上來，
便把氈笠兒掀在脊梁上，將哨棒綰在肋下，一步步上那岡子
來。回頭看這日色時，漸漸地墜下去了，此時正是十月間天
氣，日短夜長，容易得晚。武松自言自說道：「那得甚麼大蟲！
人自怕了，不敢上山。」武松走了一直，酒力發作，焦熱起
來。一隻手提着哨棒，一隻手把胸膛前袒開，跟跟蹌蹌，直
迻過亂樹林來，見一塊光撻撻大青石，把那哨棒倚在一邊，
放翻身體，卻待要睡，只見發起一陣狂風，那一陣風過了，
只聽得亂樹背後撲地一聲響，跳出一隻弔睛白額大蟲來。武
松見了，叫聲：「阿呀！」從青石上翻將下來，便拿那條哨棒

在手裏，閃在青石邊。那大蟲又饑又渴，把兩隻爪在地下畧按一按，和身望上一撲，從半空裏攛將下來。武松被那一驚，酒都做冷汗出了。說時遲，那時快。武松見大蟲撲來，只一閃，閃在大蟲背後。那大蟲背後看人最難，便把前爪搭在地下，把腰胯一掀，掀將起來。武松只一閃，閃在一邊。大蟲見掀他不着，吼一聲，却似半天裏起簡霹靂，振得那山岡也動；把這鐵棒也似虎尾倒竪起來，只一翦，武松却又閃在一邊。原來那大蟲拿人，只是一撲，一掀，一翦；三般提不着時，氣性先自沒了一半。那大蟲又翦不着，再吼了一聲，一兜，兜將回來。武松見那大蟲復翻身回來，雙手輪起哨棒，盡平生氣力，只一棒，從半空劈將下來，只聽得一聲響，簌簌地將那樹連枝帶葉劈臉打將下來，定睛看時，一棒劈不着大蟲，原來打急了，正打在枯樹上，把那條哨棒折做兩截，只拿得一半在手裏。那大蟲咆哮，性發起來，翻身又只一撲撲將來。武松又只一跳，却退了十步遠，那大蟲恰好把兩隻前爪搭在武松面前，武松將半截棒丟在一邊，兩隻手就勢把大蟲頂花皮肐膌地揪住，一按按將下來；那隻大蟲急要挣扎，被武松儘氣力捺定，那里肯放半點兒鬆寬。武松把隻脚望大蟲面門上、眼睛裏，只顧亂踢。那大蟲咆哮起來，把身底下爬起兩堆黃泥，做了一簡土坑；武松把那大蟲嘴，直按下黃泥坑裏去。那大蟲喫武松奈何得沒了些氣力，武松把左手緊緊地揪住頂花皮，偷出右手來，提起鐵鎚般大小拳頭，儘平生之力，只顧打，打到五、七十拳，那大蟲眼裏、口裏、鼻子裏、耳朵裏，都迸出鮮血來，更動彈不得，只剩口裏兀自氣喘。武松放了手，來松樹邊尋那打折的哨棒，拿在手裏，

只怕大蟲不死，把棒橛又打了一回，眼見氣都沒了，方纔丟了棒。尋思道：「我就地拖得這死大蟲下岡子去。」就血泊裏雙手來提時，那裏提得動，原來使盡了氣力，手腳都蘇軟了。武松再來青石上坐了半歇，尋思道：「天色看看黑了，倘或又跳出一隻大蟲來時，却怎地鬬得他過，且挣扎下岡子去，明早却來理會。」就石頭邊尋了氊笠兒，轉過亂樹林邊，一步步捱下岡子來。走不到半里多路，只見枯草中，又鑽出兩隻大蟲來。武松道：「阿呀！我今番罷了！」只見那兩隻大蟲，在黑影裏直立起來。武松定睛看時，却是兩箇人，把虎皮縫做衣裳，緊緊繃在身上，手裏各拿着一條五股叉。見了武松，喫了一驚，道：「你、你、你，喫了猻猁心、豹子肝、獅子腿，膽倒包着身軀！如何敢獨自一箇，昏黑將夜，又沒器械，走過岡子來，你、你、你，是人是鬼？」武松道：「你兩箇是什麼人？」那箇人道：「我們是本處獵戶。」武松道：「你們上嶺來做甚麼？」兩箇獵戶失驚道：「你兀自不知哩！如今景陽岡上，有一隻極大的大蟲，夜夜出來傷人，只我們獵戶，也折了七八箇，過往客人，不記其數，都被這畜生喫了。本縣知縣着落當鄉里正和我們獵戶人等捕捉，那業畜勢大難近，誰敢向前？我們為他，正不知喫了多少限棒，只捉他不得。今夜又該我們兩箇捕獵，和十數箇鄉夫在此，上上下下放了窩弓藥箭等他，正在這裏埋伏，却見你大剌剌地從岡子上走將下來，我兩箇喫了一驚。你却正是甚人？曾見大蟲麼？」武松道：「我是清河縣人氏，姓武，排行第二。却纔岡子上亂樹林邊，正撞見那大蟲，被我一頓拳腳打死了。」兩箇獵戶聽得痴呆了，說道：「怕沒這話！」武松道：「你不信時，只

看我身上兀自有血跡。」兩箇道:「怎地打來?」武松把那打
大蟲的本事,再說了一遍。兩箇獵戶聽了,又驚又喜,叫攏
那十箇鄉夫來;只見這十箇鄉夫,都拏着鋼叉、踏弩、刀鎗,
隨即攏來。武松問道:「他們眾人,如何不隨你兩箇上山?」
獵戶道:「便是那畜生利害,他們如何敢上來。」一夥十數箇
人,都在面前。兩箇獵戶把武松打大蟲的事,說向眾人,眾
人都不肯信。武松道:「你眾人不信時,我和你去看便了。」
眾人身邊都有火刀、火石,隨即發出火來,點起五七箇火把。
眾人都跟着武松,一同再上岡子來,看見那大蟲做一堆兒死
在那里。眾人見了大喜,先叫一箇去報知本縣里正,并該管
上戶。這里五七箇鄉夫,自把大蟲縛了,擡下岡子來。到得
嶺下,早有七八十人都闖將來,先把死大蟲擡在前面,將一
乘兜轎擡了武松,投本處一箇上戶家來,那上戶、里正都在
莊前迎接。把這大蟲扛到草廳上,却有本鄉上戶、本鄉獵戶
三二十人,都來相探武松。眾人問道:「壯士高姓大名?貴鄉
何處?」武松道:「小人是此間鄰郡清河縣人氏,姓武名松,
排行第二。因從滄州回鄉來,昨晚在岡子那邊酒店,喫得大
醉了,上岡子來,正撞見這畜生。」把那打虎的身分拳腳細
說了一遍。眾上戶道:「真乃英雄好漢!」眾獵戶先把野味將
來與武松把盃,武松因打大蟲困乏了,要睡。大戶便叫莊客
打併客房,且教武松歇息。到天明,上戶先使人去縣裏報知,
一面合具虎床,安排端正,迎送縣裏去。

　天明,武松起來洗漱罷,眾多上戶,牽一羫羊、挑一擔
酒,都在廳前伺候。武松穿了衣裳,整頓巾幘,出到前面,
與眾人相見。眾上戶把盞,說道:「被這箇畜生,正不知害了

多少人性命，連累獵戶喫了幾頓限棒。今日幸得壯士來到，除了這箇大害。第一，鄉中人民有福；第二，客侶通行，實出壯士之賜。」武松謝道：「非小子之能，托賴眾長上福蔭。」眾人都來作賀，喫了一早晨酒食。擡出大蟲，放在虎床上。眾鄉村上戶，都把段疋花紅來掛與武松。有些行李包裹，寄在莊上，一齊都出莊門前來。早有陽穀縣知縣相公，使人來接武松，都相見了。叫四箇莊客，將乘涼轎來擡了武松，把那大蟲扛在前面，也掛着花紅段疋，迎到陽穀縣裏來。那陽穀縣人民，聽得說一箇壯士打死了景陽岡上大蟲，迎喝了來，盡皆出來看，閧動了那箇縣治。武松在轎上看時，只見亞肩疊背、鬧鬧穰穰、屯街塞巷，都來看迎大蟲。到縣前衙門口，知縣已在廳上專等。武松下了轎，扛着大蟲，都到廳前，放在甬道上。知縣看了武松這般模樣，又見了這箇老大錦毛大蟲，心中自忖道：「不是這箇漢，怎地打得這箇虎！」便喚武松上廳來。武松去廳前聲了喏。知縣問道：「你那打虎的壯士，你卻說怎生打了這箇大蟲？」武松就廳前將打虎的本事，說了一遍。廳上廳下眾多人等，都驚得呆了。知縣就廳上賜了幾盃酒，將出上戶斂的賞賜錢一千貫，給與武松。武松稟道：「小人托賴相公的福蔭，偶然僥倖，打死了這箇大蟲；非小人之能，如何敢受賞賜？小人聞知這眾獵戶，因這箇大蟲，受了相公責罰，何不就把這一千貫給散與眾人去用？」知縣道：「既是如此，任從壯士。」武松就把這賞錢，在廳上散與眾人獵戶。知縣見他忠厚仁德，有心要擡舉他，便道：「雖你原是清河縣人氏，與我這陽穀縣，只在咫尺。我今日就參你在本縣做箇都頭，如何？」武松跪謝道：「若蒙恩相擡舉，小

人終身受賜。」知縣隨即喚押司，立了文案，當日便參武松做了步兵都頭。眾上戶都來與武松作賀慶喜，連連喫了三五日酒。武松自心中想道：「我本要回清河縣去看望哥哥，誰想倒來做了陽穀縣都頭。」自此，上官見愛，鄉里聞名。又過了三二日，那一日，武松走出縣前來閒翫，只聽得背後一箇人叫聲：「武都頭！你今日發跡了，如何不看覷我則箇？」武松回過頭來看了，叫聲：「阿也！你如何却在這里？」不是武松見了這箇人，有分教：陽穀縣中，屍橫血染，直教鋼刀響處人頭滾，寶劍揮時熱血流。畢竟，叫喚武都頭的，正是甚人？且聽下回分解。

元・施耐庵

〈黑旋風沂嶺殺四虎〉 　（據貫華堂本《水滸傳》第四十二回後半部份節錄）

比及趕到董店東時，日已平西。逕奔到家中，推開門，入進裏面，只聽得娘在牀上問道：「是誰入來？」李逵看時，見娘雙眼都盲了，坐在牀上念佛。李逵道：「娘，鐵牛來家了！」娘道：「我兒，你去了許多時，這幾年正在那里安身？你的大哥只是在人家做長工，止博得些飯食喫，養娘全不濟事。我時嘗（常）思量你，眼淚流乾，因此瞎了雙目。你一向正是如何？」李逵尋思道：「我若說在梁山泊落草，娘定不肯去，我只假說便了。」李逵應道：「鐵牛如今做了官，上路，特來取娘。」娘道：「恁地却好也！只是你怎生和我去得？」李逵道：「鐵牛背娘到前路，却覓一輛車兒載去。」娘道：「你等

大哥來却商議。」李逵道：「等做甚麼？我自和你去便了。」恰待要行，只見李達提了一罐子飯來。入得門，李逵見了便拜，道：「哥哥！多年不見。」李達罵道：「你這廝歸來做甚？又來負累人。」娘便道：「鐵牛如今做了官，特地家來取我。」李達道：「娘呀！休信他放屁！當初他打殺了人，教我披枷帶鎖，受了萬千的苦；如今又聽得他和梁山泊賊人通同，刼了法場，鬧了江州，見在梁山泊做了強盜。前日江州行移公文到來，着落原籍追捕正身，却要捉我到官比捕，又得財主替我官司分理，說：『他兄弟已自十來年不知去向，亦不曾回家，莫不是同名同姓的人冒供鄉貫？』又替我上下使錢，因此不喫官司杖限追要。見今出榜賞三千錢捉他。你這廝不死，却走家來胡說亂道。」李逵道：「哥哥，不要焦躁，一發和你同上山去快活，多少是好。」李達大怒，本待要打李逵，却又敵他不過，把飯罐撇在地下，一直去了。李逵道：「他這一去，必報人來捉我，却是脫不得身，不如及早走罷。我大哥從來不曾見這大銀，我且留下一錠五十兩的大銀子，放在牀上，大哥歸來見了，必然不趕來。」李逵便解下腰包，取一錠大銀，放在牀上，叫道：「娘，我自背你去休。」娘道：「你背我那里去？」李逵道：「你休問我只顧去快活便了。我自背你去，不妨。」李逵當下背了娘，提了朴刀，出門望小路裏便走。

　　却說李達逩來財主家報了，領着十來箇莊客，飛也似趕到家裏看時，不見了老娘，只見牀上留下一錠大銀子。李達見了這錠大銀，心中忖道：「鐵牛留下銀子，背娘去那里藏了？必是梁山泊有人和他來，我若趕去，倒喫他壞了性命，想他

背娘必去山寨裏快活。」眾人不見了李逵，都沒做理會處，李達却對眾莊客說道：「這鐵牛背娘去，不知往那條路去了？這里小路甚雜，怎地去趕他？」眾莊客見李達沒理會處，俄延了半晌，也各自回去了，不在話下。

這里只說李逵怕李達領人趕來，背着娘，只透亂山深處僻靜小路而走。看看天色晚了，李逵背到嶺下，娘雙眼不明，不知早晚，李逵却自認得這條嶺喚做沂嶺，過那邊去，方纔有人家。娘兒兩簡，趁着星明月朗，一步步捱上嶺來。娘在背上說道：「我兒，那里討口水來我喫也好。」李逵道：「老娘，且待過嶺去，借了人家安歇了，做些飯喫。」娘道：「我日中喫了些乾飯，口渴得當不得！」李逵道：「我喉嚨裏也煙發火出，你且等我背你到嶺上，尋水與你喫。」娘道：「我兒，端的渴殺我也！救我一救！」李逵道：「我也困倦得要不得！」李逵看看，捱得到嶺上松樹邊一塊大青石上，把娘放下，插了朴刀在側邊，分付娘道：「耐心坐一坐，我去尋水來你喫。」李逵聽得溪澗裏水響，聞聲尋將去，盤過了兩三處山腳，來到溪邊，捧起水來，自喫了幾口，尋思道：「怎生能彀得這水去把與娘喫？」立起身來，東觀西望，遠遠地山頂上，見一座廟。李逵道：「好了！」攀藤攬葛，上到庵前，推開門看時，却是簡泗洲大聖祠堂，面前只有簡石香爐。李逵用手去掇，原來却是和座子鑿成的。李逵拔了一回，那里拔得動，一時性起來，連那座子掇出，前面石堦上一磕，把那香爐磕將下來，拿了再到溪邊，將這香爐水裏浸了，拔起亂草洗得乾淨，挽了半香爐水，雙手擎來，再尋舊路，夾七夾八走上嶺來。到得松樹邊石頭上，不見了娘，只見朴刀插在那里。李逵叫

娘喫水，杳無踪跡，叫了幾聲不應；李逵心慌，丟了香爐，
定住眼，四下里看時，並不見娘。走不到三十餘步，只見草
地上一團血跡。李逵見了，一身肉發抖，趁着那血跡尋將去，
尋到一處大洞口，只見兩箇小虎兒在那里舐一條人腿；李逵
把不住抖，道：「我從梁山泊歸來，特為老娘來取他。千辛萬
苦，背到這里，倒把來與你喫了！那鳥大蟲拖着這條人腿，
不是我娘的，是誰的？」心頭火起，便不抖，赤黃鬚蚤竪起
來，將手中朴刀挺起，來搠那兩箇小虎；這小大蟲被搠得慌，
也張牙舞爪，鑽向前來，被李逵手起，先搠死了一箇，那一
箇望洞裏便鑽了入去；李逵趕到洞裏，也搠死了。李逵却鑽
入那大蟲洞內，伏在裏面張外面時，只見那母大蟲張牙舞爪
望窩裏來。李逵道：「正是你這孽畜喫了我娘！」放下朴刀，
跨邊掣出腰刀。那母大蟲到洞口，先把尾去窩裏一剪，便把
後半截身軀坐將入去。李逵在窩裏看得仔細，把刀朝母大蟲
尾底下，盡平生氣力，捨命一戳，正中那母大蟲糞門；李逵
使得力重，和那刀靶也直送入肚裏去了。那母大蟲吼了一聲，
就洞口，帶着刀，跳過澗邊去了。李逵却拿了朴刀，就洞裏
趕將出來。那老虎負疼，直搶下山石岩下去了。李逵恰待要
趕，只見就樹邊捲起一陣狂風，吹得敗葉樹木如雨一般打將
下來。自古道：「雲生從龍，風生從虎。」那一陣風起處，星
月光輝之下，大吼了一聲，忽地跳出一隻弔（吊）睛白額虎
來。那大蟲望李逵勢猛一撲，那李逵不慌不忙，趁着那大蟲
的勢力，手起一刀，正中那大蟲頷下。那大蟲不曾再掀再剪，
一者護那疼痛，二者傷着他那氣箇；那大蟲退不彀五七步，
只聽得響一聲，如倒半壁山，登時間死在岩下。那李逵一時
間殺了子母四虎，還又到虎窩邊，將着刀復看了一遍，只恐

還有大蟲，已無有踪跡。李逵也困乏了，走向泗州大聖廟裏，睡到天明。次日早晨，李逵却來收拾親娘的兩腿及剩的骨殖，把布衫包裹了，直到泗州大聖廟後，掘土坑葬了。李逵大哭了一場，肚裏又饑又渴，不免收拾包裹，拿了朴刀，尋路慢慢的走過嶺來。

只見五七箇獵戶，都在那里收窩弓弩箭，見了李逵一身血污，行將下嶺來，眾獵戶喫了一驚，問道：「你這客人，莫非是山神土地？如何敢獨自過嶺來？」李逵見問，自肚裏尋思道：「如今沂水縣出榜賞三千貫錢捉我，我如何敢說實話？只謊說罷。」答道：「我是客人。昨夜和娘過嶺來，因我娘要水喫，我去嶺下取水，被那大蟲把我娘拖去喫了；我直尋到虎窩裏，先殺了兩箇小虎，後殺了兩箇大虎。泗州大聖廟裏，睡到天明，方繞下來。」眾獵戶齊叫道：「不信你一箇人如何殺得四箇虎？便是李存孝和子路，也只打得一箇。這兩箇小虎且不打緊，那兩大虎非同小可；我們為這兩箇畜生，不知都喫了幾頓棍棒。這條沂嶺，自從有了這窩虎在上面，整三五箇月，沒人敢行。我們不信！敢是你哄我？」李逵道：「我又不是此間人，沒來繇，哄你做甚麼？你們不信，我和你上嶺去尋着與你，就帶些人去扛了下來。」眾獵戶道：「若端的有時，我們自重重的謝你，却是好也！」眾獵戶打起胡哨來，一霎時，聚起三五十人，都拿了撓鈎槍棒，跟着李逵，再上嶺來。此時，天大明朗，都到那山頂上，遠遠望見窩邊，果然殺死兩箇小虎：一箇在窩內，一箇在外面；一隻母大蟲，死在山巖邊；一隻雄虎，死在泗州大聖廟前。眾獵戶見了殺死四箇大蟲，盡皆歡喜，便把索子抓縛起來，眾人扛擡下嶺，就邀李逵同去請賞；一面先使人報知里正上戶，都來迎接着，

撞到一箇大戶人家,喚做曹太公莊上。那人曾充縣吏,家中
暴有幾貫浮財,專一在鄉放刁把纜,初世為人,便要結幾箇
不三不四的人,恐嚇鄰里,極要談忠說孝,只是口是心非。
當時曹太公親自接來,相見了,邀請李逵到草堂上坐定,動
問殺虎的緣繇。李逵卻把夜來同娘到嶺上要水喫,因此殺死
大蟲的話,說了一遍。眾人都呆了。曹太公動問:「壯士高姓
名諱?」李逵答道:「我姓張,無名,只喚做張大膽。」曹太
公道:「真乃是大膽壯士!不恁地膽大,如何殺得四箇大蟲?」
一壁廂叫安排酒食管待,不在話下。且說當村裏得知沂嶺殺
了四箇大蟲,撞在曹太公家,講動了村坊道店,鬧得前村後
村、山僻人家,大男幼女成群挨隊,都來看虎,入見曹太公
相待着打虎的壯士,在廳上喫酒。數中卻有李鬼的老婆,逃
在前村爹娘家裏,隨着眾人也來看虎,却認得李逵的模樣,
慌忙來家,對爹娘說道:「這箇殺虎的黑大漢,便是殺我老公、
燒了我屋的,他叫做梁山泊黑旋風。」爹娘聽得,連忙來報
知里正。里正聽了,道:「他既是黑旋風時,正是嶺後百丈村
打死了人的李逵。逃走在江州,又做出事來,行移到本縣原
籍追捉,如今官司出三千貫賞錢拿他,他却走在這裏。」暗
地使人去請得曹太公到來商議,曹太公推道更衣,急急的到
里正家裏,(里)正說:「這箇殺虎的壯士,便是嶺後百丈村
裏的黑旋風李逵,見今官司着落拿他。」曹太公道:「你們要
打聽得仔細,倘不是時,倒惹得不好;若真箇是時,却不妨,
要拿他時也容易;只怕不是他時,却難。」里正道:「見有李
鬼的老婆認得他。曾來李鬼家做飯喫,殺了李鬼。」曹太公
道:「既是如此,我們且只顧置酒請他,却問他今番殺了大蟲,
還是要去縣裏請功,還是要村裏討賞;若還他不肯去縣裏請

功時，便是黑旋風了。着人輪換把盞，灌得醉了，縛在這裡，却去報知本縣，差都頭來取去，萬無一失。」眾人道：「說得是。」里正與眾人商議定了，曹太公回家來欵住李逵，一面且置酒來相待，便道：「適間拋撇，請勿見怪。且請壯士解下腰間腰刀，放過朴刀，寬鬆坐一坐。」李逵道：「好，好。我的腰刀已搠在雌虎肚裏了，只有刀鞘在這裡。若開剝時，可討來還我。」曹太公道：「壯士放心。我這里有的是好刀，相送一把與壯士懸帶。」李逵解了腰間刀鞘，並纏袋包裹，都遞與莊客收貯，便把朴刀倚過一邊。曹太公叫取大盤肉、大壺酒來。眾多大戶并里正、獵戶人等，輪番把盞，大碗大鍾，只顧勸李逵。曹太公又請問道：「不知壯士要將這虎解官請功，只是在這里討些齋發？」李逵道：「我是過往客人，忙些箇。偶然殺了這窩猛虎，不須去縣裏請功，只此有些齋發便罷；若無，我也去了。」曹太公道：「如何敢輕慢了壯士！少刻村中歛取盤纏相送。我這里自解虎到縣裏去。」李逵道：「布衫先借一領與我換了上蓋。」曹太公道：「有，有。」當時便取一領細青布衲襖，就與李逵換了身上的血污衣裳。只見門前鼓響笛鳴，都將酒來，與李逵把盞作慶，一杯冷，一杯熱，李逵不知是計，只顧開懷暢飲，全不計（記）宋江分付的言語。不兩箇時辰，把李逵灌得酩酊大醉，立腳不住。眾人扶到後堂空屋下，放翻在一條板凳上，就取兩條繩子，連板凳綁住了；便叫里正帶人飛也似去縣裏報知，就引李鬼老婆去做原告，補了一紙狀子。……

《聊齋》牡丹花精名篇

——〈香玉〉與〈葛巾〉之人物分析

一‧前言

　　《聊齋志異》是中國文言短篇小說的最後一個高峰，既已擷取唐傳奇以來文言小說的神髓，又吸收了宋話本之後白話小說的菁華，在小說美學、藝術手法、及思想內涵上，都有成熟且豐富的展現。

　　《聊齋》近五百篇作品，是清初蒲松齡（明崇禎十三年-清康熙五十四年；西元 1640-1715 年）投注了畢生心血結晶所成。蒲松齡字留仙、一字劍臣，別號柳泉居士，山東淄川縣（今淄博市淄川區）蒲家莊人。蒲氏家族科甲相繼，詩書門第，至其父蒲槃，雖「博洽淹貫，宿儒不能及」（蒲松齡〈蒲氏世系表〉），然迫於生計，棄儒從商。蒲松齡十九歲（1658年）「初應童子試，即以縣、府、道三第一，補博士弟子員」（張元〈柳泉蒲先生墓表〉），備受賞識；後卻「慘淡經營，冀博第一，而終困於場屋，至五十餘尚希進取」（蒲箬〈柳泉公行述〉）。除了三十一歲時，應同邑進士、江蘇揚州府寶應縣知縣孫蕙之聘，出任幕賓南遊江淮外，其餘的時光，均留在家鄉坐館，直至從心之年，方撤帳歸家；妻劉氏賢慧，勤

儉持家[1]，生箬、篦、笏、筠四子。康熙四十九年（1711 年），
七十二歲的蒲留仙終補了個歲貢生[2]，五年後抱憾辭世。

蒲松齡的形貌，由朱湘鱗所繪之畫像可以清楚得見，蒲
尚自題云：「爾貌則寢，爾軀則修」；至於性格，浪漫現實兼
具，幽默而不冬烘[3]；因際遇多舛[4]，遂將孤憤痴狂一寓於筆端。
其畢生秉持儒學傳統，但也受到釋道二家的影響。

花妖狐魅是《聊齋志異》中常見的角色，然以狐狸精為
大宗；至於描摹花精的篇目相對較少，除了刻劃牡丹花精的
〈香玉〉[5]、〈葛巾〉[6]外，僅有描寫狐女為感恩引荷花精為酬

---

[1] 蒲松齡〈呈石年張縣公俚謠序〉：「賣文為活，廢學從兒，納稅傾囊，
愁貧任婦。」

[2] 盛偉〈蒲松齡年譜（續）〉云：「康熙五十年辛卯（1711 年），七十
二歲。是年，先生貢于鄉。按：《淄川縣志·續貢生》：＂先生諱松
齡，字留仙，號柳泉，康熙辛卯歲貢，以文章風節著一時。＂……
又按：路大荒《蒲松齡年譜》引蒲箬〈清故顯考歲進士、候選儒學
訓導柳泉公行述〉與王洪謀〈柳泉居士行略〉定蒲松齡出貢為＂康
熙四十九年庚寅（1710 年），先生七十一歲，是年貢于鄉。＂但從
先生的生平事跡及其著述記載中，可以推算此說有誤。」

[3] 蒲松齡〈祭窮神文〉云：「窮神！窮神！我與你有何親？興騰騰的
門兒你不去尋，偏把我的門兒進。難道說，這是你的衙門，居住不
動身？你就是世襲在此，也該別處權權印；我就是你貼身的家丁、
護駕的將軍，也該放假寬限施施恩。你為何步步把我跟，時時不離
身，鰾黏膠合，卻像個纏熱了的情人？」——由此文當可略窺蒲留
仙之幽默秉性。

[4] 蒲松齡〈與韓刺使樾依書〉：「仕途黑暗，公道不彰，非袖金輸璧，
不能自達於聖明。」

[5] 本文所引〈香玉〉乃據鑄雪齋抄本，見蒲松齡著，朱其鎧主編：《全
本新注聊齋志異（下）》（北京：人民文學出版社，1995 年 4 刷），

報之〈荷花三娘子〉與姊弟菊精善於種菊營生之〈黃英〉兩篇。

二、〈香玉〉與〈葛巾〉之場景

蒲松齡善於將旖旎浪漫的想像植根於史實典故、地理景況上，真幻相生，形成動人的藝術魅力及豐厚的文化意蘊。

〈香玉〉故事背景發生在號稱「神仙之宅，靈異之府」——山東嶗（嶗）山之太清宮（別名下清宮），而蒲留仙於康熙十一年（1672年，三十三歲）夏，曾偕友八人同遊此處[7]。至於書生借住蘭若道觀潛心苦讀，逢年過節方返鄉團聚，本是習見的情況；而名山美景、園囿花間，更是才子佳人滋萌情愫的好環境[8]。

正因場景設在道家叢林的下清宮，男主角黃生自書齋窗

卷十一，頁 1521-1526。

[6] 本文所引〈葛巾〉乃據手稿本，《全本新注聊齋志異（下）》，卷十，頁 1420-1426。

[7] 八友中包括為《聊齋志異》作序之唐夢賚，其《志壑堂文集》卷十二〈雜記〉載：「壬子（康熙十一年）之夏，遊勞山，見海市。時同行八人。」

[8] 清·王士禎《香祖筆記》卷十云：「勞山多耐冬花，花色殷紅，冬月始盛開，雪中照耀山谷，彌望皆是。」如今太清宮三宮殿旁「蒲松齡展覽室」前，有紅白兩株耐冬。一株高達三百五十公分，樹圍一百七十公分，冠幅幾蔽半個庭院，花期長達三個月，一片艷紅，堪稱奇觀，樹下立石鐫刻"絳雪"二字，以記〈香玉〉故事。而太清宮西北之上清宮正殿西窗下，有白牡丹一株，枝繁葉茂，高約八尺，每年四、五月，花開如雪似銀，芳香襲人，人們附會為"香玉"再生。

橛瞥見花間有白衣女郎時，才「心疑觀中焉得此」，女主角香玉也才會提出「隸籍平康巷，被道士閉置山中，實非所願」，合於情理的說詞；當黃生欲打抱不平，問：「道士何名？當為卿一滌此垢」，香玉卻曰：「不必，彼亦未敢相逼。借此與風流士，長作幽會，亦佳。」回答合乎青樓女子的口吻心態，更為其後投懷送抱的行為，預作鋪墊。

〈葛巾〉則是運用癖好牡丹的洛陽常生和曹州牡丹花神葛巾的種種，來組織成篇，初次相遇的場景因在縉紳之園，常生窺見「宮妝艷絕」宛若天仙的葛巾，乃「疑是貴家宅眷」，唐突了美人，遭到老嫗斥咄，就憂心豪門問罪。

而洛陽、曹州原本都是盛產牡丹之地，清·蘇毓眉《曹南牡丹譜》云：「牡丹於唐開元中（713-741 年）始盛於長安，每至暮春，車馬若狂，以不就賞為恥。迨宋，洛陽之花又為天下之冠，至明而曹南（即曹州，治所在今山東省菏澤縣）牡丹甲海內」，可知，至清之際，曹州牡丹已甲天下[9]；且自宋代起，就有牡丹名品──「魏紫」、「姚黃」、「葛巾」、「玉版」之稱，所以葛巾自言「魏姓，母封曹國夫人」，已乃「世家女」，宋·歐陽修〈洛陽牡丹記〉曰：「魏家花者，千葉肉紅，花出魏相家[10]」，明·王象晉《群芳譜》則曰：「葛巾紫，花圓正而富麗，如世人所戴葛巾狀……玉版白，單葉，長如拍板，色如玉，深檀心」；凡此種種，皆扣緊了小說之人事時地物。文

9　清·余鵬年《曹州牡丹譜》：「曹州園戶，種花如種黍粟，動以頃計，東郭二十里，蓋連畦接畛。」

10　明·王象晉《二如堂群芳譜》謂出於魏仁溥家。

中也隱約反映出彼時盜寇猖獗，社會治安敗壞，人民唯賴己力的窘狀。

〈香玉〉的場景極為單純，九成九於下清宮中，或書齋內，或觀中芳菲華林，僅有一夢的場景在膠州（山東‧膠縣）；然〈葛巾〉由洛陽遠至「牡丹甲齊魯」的曹州，在曹州縉紳之園的空齋、四面紅窗的香閨，都曾是男女主角的舞台，最後再回洛陽作結，景點稍多、空間跨度較大。

三、〈香玉〉與〈葛巾〉之人物

《聊齋志異》一書，過半以二字名篇，尤其喜用篇中女主角的名字命名，〈香玉〉、〈葛巾〉皆是如此；香玉、葛巾雖是花精，但「多具人情，和易可親，忘為異類」，卻「又偶見鶻突，知復非人」（魯迅《中國小說史略》二十二篇）。

〈香玉〉與〈葛巾〉均有主次雙姝，輝映成趣；居於陪襯地位的絳雪、玉版，都具烘托點睛之效。至於黃生、常生雖為男主角，但與群芳相較，不免略顯失色。

（一）香玉

1、外型體態

香玉是藉黃生自窗中瞥見帶出，「素衣掩映花間」，當黃生「隱身叢樹中」，伺至、暴起、急追，伊人卻「寂然已杳」，徒留驚奔後之「袖裙飄拂，香風洋溢」，迷離美感、視覺嗅覺間，業已暗示她不同於凡俗。

當白牡丹被即墨（山東青島市東北部）藍氏因愛悅「掘移徑去」，「日就萎悴」，使黃生及讀者「始悟香玉乃花妖」；日後黃生擔心舊事重演，打算將復生的香玉「移植其家」時，她以「妾弱質，不堪復戕」為由婉拒，不但寫出富貴之花易於凋零的物性，也描摹出一個纖柔少女的身影。

2、個性情感

黃生「愛慕彌切」「題句樹下」，香玉因欣賞書生之風雅韻度，自動入齋相會，笑曰：「君汹汹似強寇，令人恐怖；不知君乃騷雅士，无妨相見」，一派天真；並謂出身風塵，雖被縶幽居，倒也能趁機與風流才子聚首歡會，熱情大方不扭捏造作，完全符合牡丹 "花中之王" 的氣勢。

在香玉淪為花鬼期間，雖「款笑如前，但偎傍之間，仿佛（彷彿）一身就影，生悒悒不樂，香玉亦俯仰自恨」，因「生恨絳雪不至」，香玉曰：「必欲強之使來，妾能致之」，「乃與生挑燈至樹下，取草一莛，布掌作度，以度樹本，自下而上，至四尺六寸，按其處，使生以兩爪齊搔之」，將人們哈癢腋下腰際嬉笑玩鬧的情況，轉換成香玉張開手掌測度耐冬樹幹的相對位置來讓黃生搔癢抓弄，以逼絳雪現身，絳雪果真從樹後走出，笑罵香玉「助桀為虐」，正充份顯現了香玉對黃生的款款深情及慧黠俏皮的性格。

悴亡重生自花蕊中飄然而下時，香玉以柔媚之姿，配上淺笑撒嬌道出：「妾忍風雨以待君，君來何遲也」，款款深情，致使神搖魂銷者，豈獨黃生一人，而人與異類愛戀的磨難考驗，一如風雨對花草的摧殘踐躪。

3、才性稟賦

「貪歡忘曉」「著衣易履」間，香玉猶酬黃生詩云：「良夜更易盡，朝暾已上窗。願如梁上燕，棲處自成雙」，無怪乎，黃生會說：「卿秀外惠中，令人愛而忘死」。通曉文墨的香玉在預知命定劫數將至，慘然與生訣別，化用「得隴望蜀」的成語為「君隴不能守，尚望蜀耶？今長別矣」，表明黃生已無法長擁自己，更遑論欲一親義姊絳雪之芳澤了。

正因為香玉是牡丹花精，才有行藏無跡、逆料未來、死而復生、魄散重凝等異稟。

（二）絳雪

蒲松齡在〈香玉〉篇中，對「艷麗雙絕」的香玉與絳雪，採映襯對比的手法，以賓襯主[11]，收到相得益彰之效。

香玉是白牡丹花精，「花時璀璨似錦」高及丈餘之灌木；姊姊絳雪則是「高二丈、大數十圍」耐冬喬木的化身，每在隆冬開出火紅花朵，故以「紅裳者」形象現身。絳雪警覺防禦心強，不似香玉般單純，在初次漸近黃生藏身之處時，即察覺有異，卻退道：「此處有生人」；且透過香玉之口：「絳姐

---

[11] 〈人生自是友情痴——評《聊齋志異‧香玉》〉一文云：「小說的題目雖是"香玉"，女主角看起來好像也是香玉。實際上，配角絳雪才是隱藏在背後的女主角，她的形象也比香玉要光輝得多。」此說似乎言之太過。篇名借用宋‧歐陽修〈玉樓春〉上片末兩句：「人生自是有情痴，此恨不關風與月」，變作「人生自是友情痴」，同樣令人費解。

性殊落落，不似妾情痴也」，強調欲擄獲其芳心，必得「從容
勸駕」，不可猴急。姐妹倆一紅一白、一冷一熱，基於植物特
性、花朵色彩，顛覆了一般人對紅炎白冽的聯想，塑造出端
莊內斂與熱情開朗的兩類佳人。

但明倫《聊齋志異新評》曰：「香玉是詩句邀來，絳雪是
眼淚哭來」，在香玉香消玉殞後，黃生作哭花詩五十首、日日
臨穴追悼，於揮淚垂涕「相向汍瀾」間，共同的思念將絳雪
拉近了黃生，絳雪嘆曰：「童稚姊妹，一朝斷絕！聞君哀傷，
彌增妾慟」，並解釋囊昔何以不肯應邀允臨，乃「妾以年少書
生，什九薄倖；不知君固至情人也」，申明「妾與君交，以情
不以淫，若晝夜狎暱，則妾所不能矣」，大不同於乘間即來、
「夙夜必偕」的香玉；在詩句、眼淚底下，其實是苦思與至
情，打動了兩姊妹。不過，絳雪一如香玉，同樣欣賞文人雅
士、同樣也會舞文弄墨，在黃生因為絳雪「數日不復至」，吟
詩苦懷香玉之際，絳雪隨即現身續詩、相伴。

絳雪亦對黃生坦言：「妾不能如香玉之熱，但可少慰君寂
寞耳」，當「生欲與狎」時，認為「相見之歡，何必在此」，「於
是至无聊時，女輒一至。至則宴飲唱酬，有時不寢遂去[12]，生

---

[12] 〈談《聊齋志異》中三篇花妖作品〉一文認為：絳雪「潔身自好，
成人之美的正義感，尤較一般人情人性可貴……她的死，証明了她
對黃生的愛情之深並不減於香玉，只是一直維持冰清玉潔、潔身自
好的態度」；〈人生自是友情痴——評《聊齋志異·香玉》〉亦認為
「絳雪始終以友自居，才打消了黃生一時心猿意馬的衝動。君子不
戲人妻，絳雪不奪人夫，絳雪有女中君子之風」；類似這種守身如
玉的說法，都不正確，否則絳雪「代人作婦」之說，當作何解。

亦聽之」。凡此種種，讓黃生體認到「香玉吾愛妻，絳雪吾良友也」，「今對良友，益思艷妻」。

　　絳雪在黃生「以臘歸過歲」，託夢告知將有大難臨頭，「急往，尚得相見，遲无及矣」，生「醒而異之，急命僕馬，星馳至山」，及時攔阻了道士因耐冬妨礙建屋，將縱斧砍伐的噩運；不似香玉，礙於花精身分尚未暴露，難以啟齒求救，反而將之歸於「定數」，「但有嗚咽，竟夜不眠」，終遭人掘移故土枯萎而亡。作者如此安排塑造人物，完全符合富貴花、耐冬木的植物特性。

　　香玉蒙花神恩准「復降宮中」，回到黃生身旁後，絳雪即曰：「妹來大好！我被汝家男子糾纏死矣」；後因香玉魂魄渙散，故施計再邀來絳雪，懇求「暫煩陪侍郎君，一年後不相擾矣」，直到香玉魂聚魄凝，絳雪才笑曰：「日日代人作婦，今幸退而為友」。但明倫評點曰：「香玉之熱，絳雪之冷，一則情濃，一則情淡；濃者必多欲而易散，散而可使復聚，情之所以不死也；淡者能寡欲而多疏，疏則可以常守，情之所以有節也。」以濃淡來論二女對黃生之情，還不如就個別人性、物性來探討其等對於情愛的表現，會更為貼切，畢竟，當黃生寄魂化身為不花牡丹被斫去後，「白牡丹亦憔悴死；无何，耐冬亦死」。

（三）葛巾

1、丰姿容表

　　現身花苑的葛巾，透過常大用「微窺之」，是「宮妝艷艷」；

覿面遇之、曳之，是「指膚軟膩，使人骨節欲酥」；「狎抱之」，是「纖腰盈掬」。

而葛巾乃「高與檐等」之紫牡丹，「為曹第一」，被賞花同道戲封為「曹夫人」，氣度自是不凡，難怪常大用「眩迷之中，忽轉一想：此必仙人，世上豈有此女子乎」；相思病中服下「葛巾娘子手合鴆湯」，「俄覺肺膈寬舒，頭顱清爽，酣然睡去」，醒後，「病若失，心益信其為仙。無可夤緣，但於无人時，仿佛其立處、坐處，虔拜而默禱之」。

葛巾紫原為香氛濃郁的牡丹花[13]，故幻化成美女後，親手調弄之湯藥，「藥氣香冷」；近其身，則「聞異香竟體」、「吹氣如蘭」；在相擁親熱後，常大用「自理衿袖，體香猶凝」；當常生「攬體入懷，代解裙結」後，葛巾「玉肌乍露，熱香四流」，「偎抱之間，覺鼻息汗薰，无氣不馥」，連伊人「去後，衾枕皆染異香」，使人愈發堅信卿本天仙。

2、性格情志

某日黃昏，方坐石上的葛巾初見常大用，「相顧失驚」，老嫗以身蔽障，叱咄威脅常生，葛巾僅含笑曰：「去之」；在常大用因悔懼兼相思罹病後，葛巾夜半遣嫗進「手合鴆湯」，對其加以試煉、療疾；事後，二人於深樹內巧遇，又幸无他人，生「大喜，投地」，葛巾則大方近曳之，「正欲有言，老嫗忽至。女令隱身石後，南指曰：夜以花梯度墻，四面紅窗

---

[13] 明·王象晉《群芳譜》：「（牡丹）大凡紅白者多香，紫者香烈而欠清。」

者,即妾居也」,「至夜,(常)移梯登南垣,則垣下已有梯在」,佳人的熱情主動,可以想見。

不意,「凡三往復,三漏已催」,室中均有旁人,梯子更遭老嫗呼婢女共移去,生「欲下无階,恨悒而返」;「次夕復往,梯先設矣,幸寂无人」,進入香閨,葛巾「兀坐,若有思者」,「見生驚起,斜立含羞」,婀娜之姿、嬌羞之態,展見了另種風情;常生擔心「好事多磨,遲為鬼妒」,葛巾卻撐拒曰:「何遽爾」,然而,次夜有了肌膚之親後,又笑稱:「妾不過離魂之倩女,偶為情動耳」,驚喜、迎拒中,似有一番矛盾掙扎。

3、處事應對

葛巾一派仕女風範,出語典雅,然遇事善謀多術,果敢剛烈,不讓鬚眉。雲雨之歡後,葛巾隨即提醒常生「此事要宜慎秘,恐是非之口,捏造黑白,君不能生翼,妾不能乘風,則禍離更慘於好別矣」,「妾處耳目多,不可久羈,踰隙當復來」。在常生惑戀美色,「不復思歸,而囊橐既空,欲貨馬」之際,以「姑假君」為名,捉生臂至桑樹下,命轉石,再拔簪刺土數十回,令生扒土見一甕口,探手取出五、六十兩之白銀;再藉口「近日微有浮言,勢不可長」,「謀偕亡,命生先歸,約會於洛」,生剛至故里,「則女郎車適已至門」;攜女私奔「生竊自危」,葛巾坦然勸解:「无論千里外非邏察所及,即或知之,妾世家女,卓王孫當无如長卿何也」。

此外,葛巾認為「生弟大器,年十七」,「是有惠根,前程尤勝于君」,因「完婚有期,妻忽夭殞」,遂替其作伐迎娶小姑玉版,「由此兄弟皆得美婦,而家又日以富」。後遭覬覦,

「有大寇數十騎,突入第,生知有變,舉家登樓,寇入,圍樓」,求見兩夫人,五十八寇各索五百金,「生允其索金之請,寇不滿志,欲焚樓,家人大恐」;葛巾與玉版炫妝下階,自謂:「我姊妹皆仙媛,暫時一履塵世,何畏寇盜!欲賜汝萬金,恐汝不敢受也」,「寇眾一齊仰拜,喏聲:『不敢!』姊妹欲退,一寇曰:『此詐也!』女聞之,反身佇立,曰:『意欲何作,便早圖之,尚未晚也。』」二姝色艷詞嚴氣盛,諸寇面面相覷、一哄而散。

常生「終疑為仙,固詰姓氏」,然而在「姊妹各舉一子」後,葛巾才稍稍透露姓魏,母封曹國夫人,但常大用不肯置信,「托故復詣曹」,探知彼等實為花妖,卻述「贈曹國夫人詩」來試探反應,葛巾「蹙然變色,遽出呼玉版抱兒至,謂生曰:『三年前,感君見思,遂呈身相報;今見猜疑,何可復聚!』因與玉版皆舉兒遙擲之,兒墮地并沒。生方驚顧,則二女俱渺矣,悔恨不已。後數日,墮兒處生牡丹二株,一夜徑尺,當年而花,一紫一白。」

(四)玉版

就在常生登梯越垣尋至紅窗之室,欲春風一度時,「室中聞敲棋聲」,窺見一素衣美人與葛巾對著,此即玉版;次夕,才子佳人正相狎抱,「遙聞人語,女急曰:『玉版妹子來矣!君可姑伏床下。』」在故事發展之初,玉版扮演著礙事者,逆轉情勢,引發高潮。

而玉版說話俏皮典雅,邀姊再弈曰:「敗軍之將,尚可復

言戰否？業已烹茗，敢邀為長夜之歡」，葛巾「辭以困憊」，玉版固請，葛巾「堅坐不行」，玉版則戲曰：「如此戀戀，豈藏有男子在室耶？」由玉版贈送給葛巾之「水精如意，上結紫巾，芳潔可愛」，當可想見其品味脫俗且細心周到。

玉版在下嫁給常大器後，與葛巾共同和強寇周旋；在被猜疑之際，與葛各擲己兒於地、杳然遠逝；故事後半，玉版則具烘雲托月、綠葉襯花之效。

（五）黃生

〈香玉〉篇中，膠州黃生寄讀下清宮，然非專心致志的讀書人，才會屢見美女，又好奇追覓；慕色貪歡，更得隴望蜀，希冀可消雙美、盼享齊人之福；此正是彼時男性之企求嚮往及真實寫照。

起初黃生打算自道士之手救出香玉，已可見其古道熱腸；後來有鑑於香玉之難，恐絳雪亦被惡人奪走，捉臂強出，「每至牡丹下」，輒問絳雪：「此是卿否？」「女不言，掩口笑之」，在美女捉狹中，黃生無視人妖之隔，憨直而情濃；於確知絳雪身分並助其免遭斧斤後，笑曰：「向不實告，宜遭此厄！今已知卿，如卿不至，當以炷艾相炙」，絳雪「笑諾」暫慰孤寂，卻「兩夜不至，生往抱樹，搖動撫摩，頻喚无聲。乃返，對燈團艾，將往灼樹」，調皮一如香玉。

黃生或身陷愛網，題句樹下；或臨穴揮涕，多作悼詩；或輾轉淚凝，寒夜苦吟；他的騷雅風流，正是獵艷利器。其浪漫癡情，不但感動了花神，使香玉重生；更在追求、依戀、

等待愛人與護花、育花、寄魂於花中，表露無遺。

　　黃生在妻子亡故後[14]，「遂入山不歸」，「後十餘年，忽病。其子至，對之而哀。生笑曰：『此我生期，非死期也，何哀為！』」並交待道士：「他日牡丹下有赤芽怒生，一放五葉者，即我也。」其卒後次年，果生出高數尺、大拱把之牡丹，後因不花，被不知情的弟子斫去，「白牡丹亦憔悴死，無何，耐冬亦死」，造成「一去而兩殉之」的結局。

（六）常生

　　〈葛巾〉一文內，洛人常大用「癖好牡丹」，久聞曹州所植甲於齊魯，恰好因事赴曹，借住於士大夫之宅第，「時方二月，牡丹未華，惟徘徊園中，目注句萌，以望其拆，作懷牡丹詩百絕。未幾，花漸含苞，而資斧將匱，尋典春衣，流連忘返」。

　　「一日凌晨趨花所」，常生適遇葛巾與桑姥，先「疑是貴

14　基於男女平權觀念，《聊齋志異》的情愛觀，似乎有待商榷，如馬瑞芳在〈《聊齋志異》的男權話語和情愛烏托邦〉中所言：「有些膾炙人口的聊齋故事，表面看男女主角愛得如痴如醉，愛得富有詩意，但小說總在似乎不經意中說明：愛情男主人公早已“使君有婦”，結果總是男子既維護了其家園的神聖婚姻，又能夠一枝紅杏進牆來。」但是，類似討論應回歸作者所處之時空背景較妥，一如張維用〈百年淹艷猶如許——蒲松齡在嶗山寫《香玉》〉中所提及：「黃生住在太清宮，名為讀書，卻是終日和二位花妖纏綿繾綣，類似於所謂『三角戀愛』——如果算上他家中的髮妻，應是『四角戀愛』了。不過，在允許納妾的中國古代社會，婚姻、家庭、愛情都是以男子為中心，發生這樣的事，原是合理合法的，不會受到道義上的譴責。」

家宅眷，亦遂遄返」，暮往又見之，「從容避去」、又「微窺之」、再「急反身而搜之」，果然見到美若天仙的葛巾；桑姥「以身幛女」，喝叱：「狂生何為」，常生卻長跪曰：「娘子必是神仙」，嫗咄之妄言，威脅「當縶送令尹」；常生「大懼」、「返，不能徒步」，憂心「詬辱之來」，「偃臥空齋，自悔孟浪」，「悔懼交集，終夜而病」；「竊幸女郎无怒容」，「日已向辰，喜无問罪之師」，「而回憶聲容，轉懼為想，如是三日，憔悴欲死」；日後兩人於深林內巧逢，「老嫗忽至」，葛巾邀約夜至其居，「匆匆遂去」，「生悵然，魂魄飛散，莫能知其所往」；幾經波折，常大用終得入室，狎抱葛巾，無奈半路殺出個程咬金，被迫「姑伏床下」、「膝行而出」，「因伏床之恐，遂有懷刑之懼，籌思不敢復往」；透過大量內心活動的描摹，配上相關舉措，一個自卑怯懦又貪戀美色的男子，活現眼前。

唯當夜半老嫗持甌進「鴆湯」，命常生速飲時，其始「聞而駭」，繼而想「僕與娘子，夙无怨嫌，何至賜死？既為娘子手調，與其相思而病，不如仰藥而死」，倒不失丈夫豪氣及判斷能力。

為了品賞牡丹流連繾綣，常大用不惜瀉囊、質衣、貨馬，惹得葛巾不得不出手相助，生辭曰：「卿情好，撫臆誓肌，不足論報；而又貪鄙，以耗卿財，何以為人矣」，葛巾「固強之」，藉口暫借私蓄，實則略施法術自甕中取出「白鏐近五十兩許，生把臂止之，不聽，又出十餘鋌，生強反其半」，由此，亦可想見常生狷介風骨與男性自尊。

只不過，葛巾相謀偕亡故里時，常大用則驚曰：「且為奈何！小生素迂謹，今為卿故，如寡婦之失守，不復能自主矣。

一惟卿命，刀鋸斧鉞，亦所不遑顧耳！」一副六神無主、唯存真摯深情狀；後來，葛巾想撮合大器與玉版婚事時，常大用還「恐前情俱發，不敢從其謀」；常生果真是以「無用」為「大用」之人！

自始認為葛巾為貴冑或天仙，常生總有高攀之感，「幸蒙垂盼，緣在三生，但恐杜蘭香之下嫁，終成離恨耳」，且「固詰姓氏」，凡此皆是常大用極重身家背景之兆；待葛巾生子後，「始漸自言『魏姓，母封曹國夫人』」，「生疑曹無魏姓世家，又且大姓失女，何得一置不問？」未敢追根究柢，只有藉故詣曹諮訪，「仍假館舊主人，忽見壁上有贈曹國夫人詩，頗涉駭異」，終於探知了真相；既歸，「不敢質言，但述贈夫人詩以覘之」，常生多疑駭怪之心，切斷了夫妻異緣，墮失了父子親情，徒留「瓣尤繁碎」「一紫一白，朵大如盤」的葛巾、玉版牡丹花，使洛下牡丹天下無雙。

總之：香玉性柔，遇事順從，乃純情少女型，對待異性一往情深，男性易滋憐惜、護衛之心；葛巾性剛，寧為玉碎，屬成熟文君型，對於異性持謹慎試煉之態，致使男性仰慕依賴。蒲留仙描摹香玉，多由外形入手，著重視覺；刻劃葛巾，則側重異香的渲染，誘發嗅覺；而黃生執著篤情、不惜身殉於花木；常生戀物愛美、卻未達真愛、齊物之境。《聊齋志異》常將外顯易見之形貌和內隱之心靈品性，緊密綰合，塑造出內外交融、神韻畢現之藝術形象。

四、結語

〈香玉〉與〈葛巾〉均由男主角之視角切入，採旁觀的全知敘述，然刻意留下巨大的敘事空白，再運用暗示手法去填補那些空白，從而在全知中透顯出限知的趣味。情節的安排，依時間順序鋪敘，有詳有略、疏密相間，最終都歸結至牡丹花上。馮鎮巒《讀聊齋雜說》總評〈香玉〉曰：「愛妻良友，兩兩並寫，各具性情，各肖口吻。入手用雙提，中間從妻及友，又從友及妻；復恐顧此失彼，以言語時時並出之。末後三人齊結，筆墨一色到底。」但明倫《聊齋志異新評》對〈葛巾〉評曰：「此篇純用迷離內爍，夭矯變幻之筆。不惟筆筆轉，直句句轉，且字字轉矣。……事則反覆離奇，文則縱橫詭變。觀書者即此而推求之，無有不深入之文思，無有不矯健之文筆矣。」蒲松齡〈與諸弟侄書〉云：「蓋意乘間則巧，筆翻空則奇，局逆振則險，詞旁搜曲引則暢。」此立意、構思、佈局、措辭之法，蒲留仙不唯施之於詩文創作，亦用於小說之上。

兩篇故事的節奏，張弛合度；氣氛的營造，神祕迷離、實境真情交錯；時或以幽默片段來化解悲傷、緊張；用事用典，如投鹽水中，無扞格痕；善用短句，明快而簡潔。

蒲松齡之所以選擇花精來歌頌情愛，旨在方便突破世間倫理教化、男女大防，也是對現實的補償與對照，強調堅貞之情，可以跨越生死之界、泯滅物我之別。〈香玉〉末，異史氏云：「情之至者，鬼神可通。花以鬼從，而人以魂寄，非其結於情者深耶？……人不能貞，亦其情之不篤耳。」〈葛巾〉

末，異史氏云：「懷之專一，鬼神可通，偏反者（暗指葛巾）亦不可謂无情也。少府（白居易）寂寞，以花當夫人，況真能解語，何必力窮其原哉？惜常生之未達也！」

　　在眩目的牡丹花瓣中，其實還夾雜著作者之孤憤與悲愴，人才被糟蹋、打擊，就像不花的牡丹，被不知愛惜的小道士所斫去，面對科場的蹭蹬，家境的拮据，唯採通達之心態，求知於青林黑塞間。

參考文獻

（一）專書

1. 于天池：《明清小說研究——第八章　蒲松齡與〈聊齋志異〉》，（北京：北京師範大學出版社，1992 年 7 月），頁 119-166

2. 王枝忠：《古典小說考論》，（銀川：寧夏人民出版社，1992 年 11 月），314 頁

3. 蒲松齡著，朱其鎧主編：《全本新注聊齋志異（共三冊）》，（北京：人民文學出版社，1995 年 3 月），1672 頁

4. 崔永清編：《海峽兩岸明清小說論文集——王林書：〈《聊齋》談疵〉》，（南京：河海大學出版社，1991 年 8 月），頁 260-276

5. 辜美高、王枝忠主編：《國際聊齋論文集》，（北京：北京師範學院出版社，1992 年 7 月），298 頁

（二）期刊

1. 八木章好：〈《葛巾》、《香玉》賞析〉，《蒲松齡研究》2003 年第 1 期，頁 92-95、154

2. 王海洋：〈牧歌一曲　哀惋不盡——論《聊齋・香玉》的哲理意蘊〉，《蘇州鐵道師範學院學報（社會科學版）》第 19 卷第 3 期（2002 年 9 月），頁 65-68

3. 林佳慧：〈解語"解語花"《聊齋志異》評點學舉隅〉，《國立中央大學中國文學研究所論文集刊》第五期（87年5月），頁88-98

4. 馬瑞芳：〈《聊齋志異》的男權話語和情愛烏托邦〉，《文史哲》2000年第4期，頁73-79

5. 徐蘭君：〈爭奇鬥艷　花中有淚——解讀《聊齋志異》四篇寫花精的小說〉，《新餘高專學報》第5卷第4期（2000年12月），頁15-18

6. 張維用：〈百年浥艷猶如許——蒲松齡在嶗山寫《香玉》〉，《國文天地》12：4（85年9月），頁36-41

7. 盛偉：〈蒲松齡年譜（續）〉，《蒲松齡研究》1999年第1期，頁7-24

8. 劉芳：〈人生自是友情痴——評《聊齋志異·香玉》〉，《聊齋志異研究》2002年第3期，頁61-63

9. 羅紐金：〈談《聊齋志異》中三篇花妖作品〉，《人文學報》第20期（85年7月），頁117-129

本篇發表於：

《中國文化大學中文學報》第九期　　93.3　　頁65-76

清·蒲松齡

〈香玉〉　　（據《聊齋志異》鑄雪齋抄本）

　　勞山下清宮，耐冬高二丈，大數十圍，牡丹高丈餘，花時璀璨似錦。膠州黃生，舍讀其中。一日，自窗中見女郎，

素衣掩映花間。心疑觀中焉得此，趨出，已遁去。自此屢見
之。遂隱身叢樹中，以伺其至。未幾，女郎又偕一紅裳者來，
遙望之，艷麗雙絕。行漸近，紅裳者却退，曰：「此處有生人！」
生暴起，二女驚奔，袖裙飄拂，香風洋溢，追過短墻，寂然
已杳。愛慕彌切，因題句樹下云：「无限相思苦，含情對短缸。
恐歸沙吒利，何處覓无雙？」歸齋冥思。女郎忽入，驚喜承
迎。女笑曰：「君汹汹似強寇，令人恐怖；不知君乃騷雅士，
无妨相見。」生叩生平，曰：「妾小字香玉，隸籍平康巷。被
道士閉置山中，實非所願。」生問：「道士何名？當為卿一滌
此垢。」女曰：「不必，彼亦未敢相逼。借此與風流士長作幽
會，亦佳。」問：「紅衣者誰？」曰：「此名絳雪，乃妾義姊。」
遂相狎。及醒，曙色已紅。女急起，曰：「貪歡忘曉矣。」着
衣易履，且曰：「妾酬君作，勿笑：『良夜更易盡，朝暾已上
窗。願如梁上燕，棲處自成雙。』」生握腕曰：「卿秀外惠中，
令人愛而忘死。顧一日之去，如千里之別。卿乘間當來，勿
待夜也。」女諾之。由此夙夜必偕。每使邀絳雪來，輒不至，
生以為恨。女曰：「絳姐性殊落落，不似妾情癡也。當從容對
駕，不必過急。」

　　一夕，女慘然入曰：「君隴不能守，尚望蜀耶？今長別矣。」
問：「何之？」以袖拭淚，曰：「此有定數，難為君言。昔日
佳作，今成讖語矣。『佳人已屬沙吒利，義士今无古押衙』，
可為妾詠。」詰之，不言，但有嗚咽。竟夜不眠，早旦而去。
生怪之。次日，有即墨藍氏，入宮游矚，見白牡丹，悅之，
掘移徑去。生始悟香玉乃花妖也，悵惋不已。過數日，聞藍
氏移花至家，日就萎悴。恨極，作哭花詩五十首，日日臨穴

涕洟。一日,凭弔方返,遙見紅衣人揮涕穴側。從容近就,女亦不避。生因把袂,相向汍瀾。已而挽請入室,女亦從之。嘆曰:「童稚姊妹,一朝斷絕!聞君哀傷,彌增妾慟。淚墮九泉,或當感誠再作;然死者神氣已散,倉卒何能與吾兩人共談笑也。」生曰:「小生薄命,妨害情人,當亦无福可消雙美。曩頻煩香玉,道達微忱,胡再不臨?」女曰:「妾以年少書生,什九薄幸;不知君固至情人也。然妾與君交,以情不以淫。若晝夜狎昵,則妾所不能矣。」言已,告別。生曰:「香玉長離,使人寢食俱廢。賴卿少留,慰此懷思,何決絕如此!」女乃止,過宿而去。數日不復至。冷雨幽窗,苦懷香玉,輾轉床頭,淚凝枕席。攬衣更起,挑燈復踵前韻曰:「山院黄昏雨,垂簾坐小窗。相思人不見,中夜淚雙雙。」詩成自吟。忽窗外有人曰:「作者不可无和。」聽之,絳雪也。啟戶內之。女視詩,即續其後曰:「連袂人何處?孤燈照晚窗。空山人一個,對影自成雙。」生讀之淚下,因怨相見之疏。女曰:「妾不能如香玉之熱,但可少慰君寂寞耳。」生欲與狎。曰:「相見之歡,何必在此。」于是至无聊時,女輒一至。至則宴飲唱酬,有時不寢遂去,生亦聽之。謂曰:「香玉吾愛妻,絳雪吾良友也。」每欲相問:「卿是院中第幾株?乞早見示,僕將抱植家中,免似香玉被惡人奪去,貽恨百年。」女曰:「故土難移,告君亦无益也。妻尚不能終從,況友乎!」生不聽,捉臂而出,每至牡丹下,輒問:「此是卿否?」女不言,掩口笑之。

　　旋生以臘歸過歲。至二月間,忽夢絳雪至,愀然曰:「妾有大難!君急往尚得相見;遲无及矣。」醒而異之,急命僕

馬，星馳至山。則道士將建屋，有一耐冬，礙其營造，工師
將縱斤矣。生急止之。入夜，絳雪來謝。生笑曰：「向不實告，
宜遭此厄！今已知卿；如卿不至，當以艾炷相灸。」女曰：「妾
固知君如此，曩故不敢相告也。」坐移時，生曰：「今對良友，
益思艷妻。久不哭香玉，卿能從我哭乎？」二人乃往，臨穴
灑涕。更餘，絳雪收淚勸止。又數夕，生方寂坐，絳雪笑入
曰：「報君喜信：花神感君至情，俾香玉復降宮中。」生問：
「何時？」答曰：「不知，約不遠耳。」天明下榻，生囑曰：
「僕為卿來，勿長使人孤寂。」女笑諾。兩夜不至。生往抱
樹，搖動撫摩，頻喚無聲。乃返，對燈團艾，將往灼樹。女
遽入，奪艾棄之，曰：「君惡作劇，使人創痏，當與君絕矣！」
生笑擁之。坐未定，香玉盈盈而入。生望見，泣下流離，急
起把握香玉，以一手握絳雪，相對悲哽。及坐，生把之覺虛，
如手自握，驚問之，香玉泫然曰：「昔妾，花之神，故凝；今
妾，花之鬼，故散也。今雖相聚，勿以為真，但作夢寐觀可
耳。」絳雪曰：「妹來大好！我被汝家男子糾纏死矣。」遂去。

　　香玉款笑如前，但偎傍之間，仿佛一身就影；生悒悒不
樂，香玉亦俯仰自恨，乃曰：「君以白蘞屑，少雜硫黃，日酹
妾一杯水，明年此日報君恩。」別去。明日，往觀故處，則
牡丹萌生矣。生乃日加培植，又作雕欄以護之。香玉來，感
激倍至。生謀移植其家，女不可，曰：「妾弱質，不堪復戕。
且物生各有定處，妾來原不擬生君家，違之反促年壽。但相
憐愛，合好自有日耳。」生恨絳雪不至。香玉曰：「必欲強之
使來，妾能致之。」乃與生挑燈至樹下，取草一莖，布掌作
度，以度樹本，自下而上，至四尺六寸，按其處，使生以兩

爪齊搔之。俄見絳雪從背後出,笑罵曰:「婢子來,助桀為虐耶!」牽挽并入。香玉曰:「姊勿怪!暫煩陪侍郎君,一年後不相擾矣。」從此遂以為常。

生視花芽,日益肥茂,春盡,盈二尺許。歸後,以金遺道士,囑令朝夕培養之。次年四月至宮,則花一朵,含苞未放;方流連間,花搖搖欲拆;少時已開,花大如盤,儼然有小美人坐蕊中,裁三四指許;轉瞬飄然欲下,則香玉也。笑曰:「妾忍風雨以待君,君來何遲也!」遂入室。絳雪亦至,笑曰:「日日代人作婦,今幸退而為友。」遂相談讌。至中夜,絳雪乃去,二人同寢,款洽一如從前。

後生妻卒,生遂入山不歸。是時,牡丹已大如臂。生每指之曰:「我他日寄魂于此,當生卿之左。」二女笑曰:「君勿忘之。」後十餘年,忽病。其子至,對之而哀。生笑曰:「此我生期,非死期也,何哀為!」謂道士曰:「他日牡丹下有赤芽怒生,一放五葉者,即我也。」遂不復言。子輿之歸家,即卒。次年,果有肥芽突出,葉如其數。道士以為異,益灌溉之。三年,高數尺,大拱把,但不花。老道士死,其弟子不知愛惜,斫去之。白牡丹亦憔悴死;无何,耐冬亦死。

異史氏曰:「情之至者,鬼神可通。花以鬼從,而人以魂寄,非其結于情者深耶?一去而兩殉之,即非堅貞,亦為情死矣。人不能貞,亦其情之不篤耳。仲尼讀〈唐棣〉而曰『未思』,信矣哉!」

清‧蒲松齡

〈葛巾〉　（據《聊齋志異》手稿本）

　　常大用，洛人，癖好牡丹。聞曹州牡丹甲齊、魯，心向往之。適以他事如曹，因假縉紳之園居焉。時方二月，牡丹未華，惟徘徊園中，目注勾萌，以望其拆。作懷牡丹詩百絕。未幾，花漸含苞，而資斧將匱；尋典春衣，流連忘返。

　　一日，凌晨趨花所，則一女郎及老嫗在焉。疑是貴家宅眷，亦遂遄返。暮而往，又見之，從容避去；微窺之，宮妝艷絕。眩迷之中，忽轉一想：「此必仙人，世上豈有此女子乎！」急反身而搜之，驟過假山，適與嫗遇。女郎方坐石上，相顧失驚。嫗以身幛女，叱曰：「狂生何為！」生長跪曰：「娘子必是仙人！」嫗咄之曰：「如此妄言，自當縶送令尹！」生大懼，女郎微笑曰：「去之！」過山而去。

　　生返，復不能徒步，意女郎歸告父兄，必有詬辱之來。僵臥空齋，自悔孟浪。竊幸女郎无怒容，或當不復置念。悔懼交集，終夜而病。日已向辰，喜无問罪之師，心漸寧帖；而回憶聲容，轉懼為想。如是三日，憔悴欲死。秉燭夜分，僕已熟眠。嫗入，持甌而進曰：「吾家葛巾娘子，手合鴆湯，其速飲！」生聞而駭，既而曰：「僕與娘子，夙无怨嫌，何至賜死？既為娘子手調，與其相思而病，不如仰藥而死！」遂引而盡之。嫗笑，接甌而去。生覺藥氣香冷，似非毒者。俄覺肺膈寬舒，頭顱清爽，酣然睡去。既醒，紅日滿窗。試起，病若失，心益信其為仙。无可夤緣，但于无人時，仿佛其立處、坐處，虔拜而默禱之。

一日，行去，忽于深樹內，覿面遇女郎，幸无他人，大喜，投地。女郎近曳之，忽聞異香竟體，即以手握玉腕而起，指膚軟膩，使人骨節欲酥。正欲有言，老嫗忽至。女令隱身石後，南指曰：「夜以花梯度牆，四面紅窗者，即妾居也。」匆匆遂去。生悵然，魂魄飛散，莫能知其所往。至夜，移梯登南垣，則垣下已有梯在，喜而下，果有紅窗。室中聞敲棋聲，佇立不敢復前，姑逾垣歸。少間，再過之，子聲猶繁；漸近窺之，則女郎與一素衣美人相對着，老嫗亦在坐，一婢侍焉。又返。凡三往復，三漏已催。生伏梯上，聞嫗出云：「梯也，誰置此？」呼婢共移去之。生登垣，欲下无階，恨悒而返。

次夕復往，梯先設矣。幸寂无人，入，則女郎兀坐，若有思者，見生驚起，斜立含羞。生揖曰：「自分福薄，恐于天人无分，亦有今夕也！」遂狎抱之。纖腰盈掬，吹氣如蘭，撐拒曰：「何遽爾！」生曰：「好事多磨，遲為鬼妒。」言未及已，遙聞人語。女急曰：「玉版妹子來矣！君可姑伏床下。」生從之。无何，一女子入，笑曰：「敗軍之將，尚可復言戰否？業已烹茗，敢邀為長夜之歡。」女郎辭以困憊。玉版固請之，女郎堅坐不行。玉版曰：「如此戀戀，豈藏有男子在室耶？」強拉之出門而去。生膝行而出，恨絕，遂搜枕簟，冀一得其遺物，而室內并无香奩，只床頭有一水精如意，上結紫巾，芳潔可愛。懷之，越垣歸。自理衿袖，體香猶凝，傾慕益切；然因伏床之恐，遂有懷刑之懼，籌思不敢復往，但珍藏如意，以冀其尋。

隔夕，女郎果至，笑曰：「妾向以君為君子也，不知寇盜

也。」生曰：「良有之。所以偶不君子者，第望其如意耳。」
乃攬體入懷，代解裙結。玉肌乍露，熱香四流，偎抱之間，
覺鼻息汗熏，无氣不馥。因曰：「僕固意卿為仙人，今益知不
妄。幸蒙垂盼，緣在三生。但恐杜蘭香之下嫁，終成離恨耳。」
女笑曰：「君慮亦過。妾不過離魂之倩女，偶為情動耳。此事
要宜慎秘，恐是非之口，捏造黑白，君不能生翼，妾不能乘
風，則禍離更慘于好別矣。」生然之，而終疑為仙，固詰姓
氏。女曰：「既以妾為仙，仙人何必以姓名傳。」問：「嫗何
人？」曰：「此桑姥。妾少時受其露覆，故不與婢輩同。」遂
起，欲去，曰：「妾處耳目多，不可久羈，踰隙當復來。」臨
別，索如意，曰：「此非妾物，乃玉版所遺。」問：「玉版為
誰？」曰：「妾叔妹也。」付鉤乃去。

　去後，衾枕皆染異香。從此三兩夜輒一至。生惑之，不
復思歸，而囊橐既空，欲貨馬。女知之，曰：「君以妾故，瀉
囊質衣，情所不忍。又去代步，千餘里將何以歸？妾有私蓄，
聊可助裝。」生辭曰：「（感）卿情好，撫臆誓肌，不足論報；
而又貪鄙，以耗卿財，何以為人矣！」女固強之，曰：「姑假
君。」遂捉生臂，至一桑樹下，指一石，曰：「轉之！」生從
之；又拔頭上簪，刺土數十下，又曰：「爬之。」生又從之；
則甕口已見。女探入，出白鏹近五十兩許，生把臂止之，不
聽，又出十餘鋌，生強反其半而後掩之。一夕，謂生曰：「近
日微有浮言，勢不可長，此不可不預謀也。」生驚曰：「且為
奈何！小生素迂謹，今為卿故，如寡婦之失守，不復能自主
矣。一惟卿命，刀鋸斧鉞，亦所不遑顧耳！」女謀偕亡，命
生先歸，約會于洛。生治任旋里，擬先歸而後逆之；比至，

則女郎車適已至門。登堂朝家人，四鄰驚賀，而并不知其竊而逃也。生竊自危，女殊坦然，謂生曰：「无論千里外非邏察所及，即或知之，妾世家女，卓王孫當无如長卿何也。」

生弟大器，年十七，女顧之曰：「是有慧根，前程尤勝于君。」完婚有期，妻忽夭殞。女曰：「妾妹玉版，君固嘗窺見之，貌頗不惡，年亦相若，作夫婦可稱佳偶。」生聞之而笑，戲請作伐。女曰：「必欲致之，即亦非難。」喜問：「何術？」曰：「妹與妾最相善。兩馬駕輕車，費一嫗之往返耳。」生恐前情俱發，不敢從其謀。女固言：「不害。」即命車，遣桑嫗去。數日，至曹。將近里門，嫗下車，使御者止而候于途，乘夜入里。良久，偕女子來，登車遂發。昏暮即宿車中，五更復行。女郎計其時日，使大器盛服而逆之五十里許，乃相遇。御輪而歸，鼓吹花燭，起拜成禮。由此兄弟皆得美婦，而家又日以富。

一日，有大寇數十騎，突入第。生知有變，舉家登樓。寇入，圍樓。生俯問：「有仇否？」答云：「无仇。但有兩事相求：一則聞兩夫人世間所无，請賜一見；一則五十八人，各乞金五百。」聚薪樓下，為縱火計以脅之。生允其索金之請，寇不滿志，欲焚樓，家人大恐。女欲與玉版下樓，止之不聽。炫妝而下，階未盡者三級，謂寇曰：「我姊妹皆仙媛，暫時一履塵世，何畏寇盜！欲賜汝萬金，恐汝不敢受也。」寇眾一齊仰拜，嗃聲「不敢！」姊妹欲退，一寇曰：「此詐也！」女聞之，反身佇立，曰：「意欲何作，便早圖之！尚未晚也。」諸寇相顧，默无一言。姊妹從容上樓而去。寇仰望无跡，哄然始散。

後二年，姊妹各舉一子，始漸自言：「魏姓，母封曹國夫
人。」生疑曹无魏姓世家，又且大姓失女，何得一置不問？
未敢窮詰，而心竊怪之。遂托故復詣曹，入境諮訪，世族并
无魏姓。于是仍假館舊主人，忽見壁上有贈曹國夫人詩，頗
涉駭異，因詰主人。主人笑，即請往觀曹夫人，至則牡丹一
本，高與檐等。問所由名，則以其花為曹第一，故同人戲封
之。問其「何種」？曰：「葛巾紫也。」心益駭，遂疑女為花
妖。既歸，不敢質言，但述贈夫人詩以覘之。女憮然變色，
遽出呼玉版抱兒至，謂生曰：「三年前，感君見思，遂呈身相
報；今見猜疑，何可復聚！」因與玉版皆舉兒遙擲之，兒墮
地并沒。生方驚顧，則二女俱渺矣。悔恨不已。後數日，墮
兒處生牡丹二株，一夜徑尺，當年而花，一紫一白，朵大如
盤，較尋常之葛巾、玉版，瓣尤繁碎。數年，茂陰成叢，移
分他所，更變異種，莫能識其名。自此牡丹之盛，洛下无雙
焉。

　　異史氏曰：「懷之專一，鬼神可通，偏反者亦不可謂无情
也。少府寂寞，以花當夫人；況真能解語，何必力窮其原哉？
惜常生之未達也！」

蒲松齡〈地震〉賞析

　　蒲松齡，字留仙，一字劍臣，別號柳泉居士，山東淄川（今山東省淄博市淄川區）人，生於明末崇禎十三年（西元1640年），卒於清康熙五十四年（1715年）。著作不少，然以《聊齋志異》聞名中外，〈地震〉正是該書四百餘篇之一，全文不到三百字。

　　《聊齋志異·自志》云：「集腋為裘，妄續幽冥之錄；浮白載筆，僅成孤憤之書；寄託如此，亦足悲矣！……知我者，其在青林黑塞間乎？」可知蒲氏搜奇抉怪所成之《聊齋志異》，實乃孤憤暗寓，寄託遙深。

　　但〈地震〉的內容，既不談神說鬼，亦不涉花妖狐魅，雖不免點染，卻悉自身真實記錄，與他篇迥異。

　　〈地震〉一文，開首即明言地震發生的時間——「康熙七年（1668年）六月十七日戌時（晚上七時至九時），地大震」、地點——「余適客稷下（淄博市臨淄附近）」及正做何事——「方與表兄李篤之對燭飲」。

　　接著主由聲效著筆，描摹地震將來、初來、已來、來後的種種情況，並運用「忽」、「俄而」、「久之」、「逾一時許」四個時間副詞，把地震來襲前後的瞬間，區隔為四，詳加敘述，構思新穎巧妙，且使事件能順著時間脈絡，在極其短暫的片刻，有立體鮮活的呈現。

　　地震將來——「忽聞有聲如雷，自東南來，向西北去。眾

駭異，不解其故。」燭下暢飲間，忽聞巨響，份外恐怖，令人不知所以。此一小段儘管完全紀實，卻具突起、懸想之雙重效果。

地震初來──「俄而几案擺簸，酒杯傾覆；屋梁椽柱，錯折有聲。相顧失色。」除地震發生時的搖擺振動，蒲松齡還寫出桌晃杯碎，樑柱龜裂斷折，大大小小讓人膽寒心顫的聲音，使地震的強度不言而喻。

地震已來──「久之，方知地震，各疾趨出。見樓閣房舍仆而復起，牆傾屋塌之聲，與兒啼女號，喧如鼎沸。人眩暈不能立，坐地上，隨地轉側。河水傾潑丈餘，雞鳴犬吠滿城中。」驟遭強震，惶然失措的人們，經過心境上的「久之」，方才認清發生了地震，爭相奪門逃生。隨著蒲松齡自室內到室外的空間轉換，視聽範圍擴增，見近處房舍「仆而復起」，遠處河水「傾潑丈餘」，大夥則「眩暈不能立，坐地上，隨地轉側」，具體說明地震強度更為厲害，並襯以屋坍塌、牆傾圮、孩啼鬧、人驚叫、鴨亂鳴、犬狂吠等雜遝眾聲，來形容當時的紊亂、可怕。

地震來後──「逾一時許，始稍定。視街上·則男女裸體相聚，競相告語，并忘其未衣也。」在感覺上熬過好一陣子，餘震與心緒「始稍定」，才驀地發現競相逃難走告的市街男女，有人居然未及著衫，蒲氏用一「并」字，突顯強震當兒，露祖相向的兩性和衣裳俱全者，一概「忘其未衣」，強調面對巨變時，人類的惶惑失智。

末云：「後聞某處井傾側，不可汲；某家樓臺，南北易向；棲霞山裂，沂水陷穴，廣數畝。此真非常之奇變也。」

以補寫傳聞，收束文氣。「後聞」之「後」字，銜接住前面的時間線索；「後聞」之「聞」，則再拓展了敘錄空間，由某處井毀，某樓易向，至山東東部棲霞縣與東南部沂水縣的崩陷災況。而「此真非常之奇變也」，正回扣開頭「地大震」一句，首尾呼應。

蒲松齡使用時空交錯的文脈架構，物人俱陳，既描述外在之聲響、景象、狀態，又不忘刻畫人心內在反應；而傳神、精確、簡煉的遣詞造語，也值得稱賞。

至於次段，可以獨立成章，亦能視作前者的延伸。記載某位婦人在野狼口中，救回兒子，驚定作喜，遂與前來施援的鄰人「指天畫地，述狼銜兒狀，己奪兒狀。良久，忽悟一身未著寸縷，乃奔。」此與地震時男女兩忘、袒裼裸裎，同一情狀也。藉著兩椿類似的事例，蒲氏導出「人之惶急无謀，一何可笑！」之結語。

本篇發表於：

《中央日報》21 版 ·《國語文》第 214 期　84.5.11

清·蒲松齡

〈地震〉　（據《聊齋志異》手稿本）

康熙七年六月十七日戌刻，地大震。余適客稷下，方與表兄李篤之對燭飲。忽聞有聲如雷，自東南來，向西北去。眾駭異，不解其故。俄而几案擺簸，酒杯傾覆；屋梁椽柱，

錯折有聲。相顧失色。久之，方知地震，各疾趨出。見樓閣房舍，仆而復起；墻傾屋塌之聲，與兒啼女號，喧如鼎沸。人眩暈不能立，坐地上，隨地轉側。河水傾潑丈餘，鴨鳴犬吠滿城中。逾一時許，始稍定。視街上，則男女裸聚，競相告語，并忘其未衣也。後聞某處井傾仄，不可汲；某家樓臺南北易向；棲霞山裂；沂水陷穴，廣數畝。此真非常之奇變也。

有邑人婦，夜起溲溺，回則狼銜其子，婦急與狼爭。狼一緩頰，婦奪兒出，攜抱中。狼蹲不去，婦大號，鄰人奔集，狼乃去。婦驚定作喜，指天畫地，述狼銜兒狀，己奪兒狀。良久，忽悟一身未着寸縷，乃奔。此與地震時男婦兩忘者，同一情狀也。人之惶急无謀，一何可笑！

後序

爺爺前半生，歷經抗日、剿匪、從公與經商，輝煌下夾雜血淚；然而，其後半生的重心，卻置諸罹患小兒麻痺症的長孫女身上。雖然我注定一生蹣跚，但在爺奶摯愛眷顧中，始終勇敢開朗、逍遙散逸地走著，因為我知道，我有靠山。

但，去年十一月廿四日晚，九十三高齡的爺爺，在我懷中溘然長逝，至今，似乎依稀尚可摩娑到其留存於我臂膀間的溫暖。爺奶在天國重聚，倏忽竟已一年，遂想將一些學習心得結集出版，作為一份追憶與感懷。

李李 於天母柏思書齋

民國九十四年十一月廿四日

國家圖書館出版品預行編目

古典名篇賞析 / 李李著. -- 一版.
臺北市： 秀威資訊科技, 2005 [民 94]
面； 公分. -- 參考書目：面
ISBN 978-986-7080-04-2（平裝）

830   95000039

 語言文學類　AG0035

古典名篇賞析

作　　者 / 李李
發 行 人 / 宋政坤
執行編輯 / 李坤城
圖文排版 / 劉逸倩
封面設計 / 羅季芬
數位轉譯 / 徐真玉　沈裕閔
圖書銷售 / 林怡君
網路服務 / 徐國晉
出版印製 / 秀威資訊科技股份有限公司
　　　　　台北市內湖區瑞光路 583 巷 25 號 1 樓
　　　　　電話：02-2657-9211　　　傳真：02-2657-9106
　　　　　E-mail：service@showwe.com.tw
經 銷 商 / 紅螞蟻圖書有限公司
　　　　　台北市內湖區舊宗路二段 121 巷 28、32 號 4 樓
　　　　　電話：02-2795-3656　　　傳真：02-2795-4100
　　　　　http://www.e-redant.com

2006 年 7 月 BOD 再刷
定價：240 元

讀　者　回　函　卡

感謝您購買本書，為提升服務品質，煩請填寫以下問卷，收到您的寶貴意見後，我們會仔細收藏記錄並回贈紀念品，謝謝！

1. 您購買的書名：＿＿＿＿＿＿＿＿＿＿＿＿＿＿＿＿＿＿＿＿

2. 您從何得知本書的消息？

☐網路書店　☐部落格　☐資料庫搜尋　☐書訊　☐電子報　☐書店

☐平面媒體　☐ 朋友推薦　☐網站推薦 ☐其他＿＿＿＿＿＿

3. 您對本書的評價：(請填代號　1.非常滿意 2.滿意 3.尚可 4.再改進)

封面設計＿＿　版面編排＿＿　內容＿＿　文/譯筆＿＿　價格＿＿

4. 讀完書後您覺得：

☐很有收獲　☐有收獲　☐收獲不多　☐沒收獲

5. 您會推薦本書給朋友嗎？

☐會　☐不會，為什麼？＿＿＿＿＿＿＿＿＿＿＿＿＿＿＿＿

6. 其他寶貴的意見：＿＿＿＿＿＿＿＿＿＿＿＿＿＿＿＿＿＿＿

＿＿＿＿＿＿＿＿＿＿＿＿＿＿＿＿＿＿＿＿＿＿＿＿＿＿＿＿＿

＿＿＿＿＿＿＿＿＿＿＿＿＿＿＿＿＿＿＿＿＿＿＿＿＿＿＿＿＿

＿＿＿＿＿＿＿＿＿＿＿＿＿＿＿＿＿＿＿＿＿＿＿＿＿＿＿＿＿

讀者基本資料

姓名：＿＿＿＿＿＿＿＿＿＿　年齡：＿＿＿＿　性別：☐女 ☐男

聯絡電話：＿＿＿＿＿＿＿＿　E-mail：＿＿＿＿＿＿＿＿＿＿

地址：＿＿＿＿＿＿＿＿＿＿＿＿＿＿＿＿＿＿＿＿＿＿＿＿＿

學歷：☐高中(含)以下　　☐高中　　☐專科學校　　☐大學

　　　☐研究所(含)以上 ☐其他＿＿＿＿＿＿＿＿＿

職業：☐製造業 ☐金融業 ☐資訊業 ☐軍警 ☐傳播業 ☐自由業

　　　☐服務業 ☐公務員 ☐教職　☐學生 ☐其他＿＿＿＿＿

To：114

台北市內湖區瑞光路 583 巷 25 號 1 樓

秀威資訊科技股份有限公司　　　收

寄件人姓名：

寄件人地址：□□□

(請沿線對摺寄回,謝謝!)

秀威與 BOD

BOD（Books On Demand）是數位出版的大趨勢，秀威資訊率先運用 POD 數位印刷設備來生產書籍，並提供作者全程數位出版服務，致使書籍產銷零庫存，知識傳承不絕版，目前已開闢以下書系：

一、BOD 學術著作—專業論述的閱讀延伸
二、BOD 個人著作—分享生命的心路歷程
三、BOD 旅遊著作—個人深度旅遊文學創作
四、BOD 大陸學者—大陸專業學者學術出版
五、POD 獨家經銷—數位產製的代發行書籍

BOD 秀威網路書店：www.showwe.com.tw
政府出版品網路書店：www.govbooks.com.tw

永不絕版的故事·自己寫·永不休止的音符·自己唱